meiocirculante

CB060733

Dados Internacionais de Catalogação na Publicação (CIP)
(Câmara Brasileira do Livro, SP, Brasil)

Rodrigues Filho, Edison
　　Meio circulante / Edison Rodrigues Filho; [ilustrações Walter Vasconcelos]. – 2. ed. – São Paulo: Editora Melhoramentos, 2019.

ISBN: 978-85-06-05694-3

1. Literatura infantojuvenil I. Vasconcelos, Walter. II. Título.

19-29156　　　　　　　　　　　　　　　　　　　　　　CDD-028.5

Índices para catálogo sistemático:
1. Literatura infantojuvenil　028.5
2. Literatura juvenil　028.5

Cibele Maria Dias – Bibliotecária – CRB-8/9427

Obra conforme o Acordo Ortográfico da Língua Portuguesa

©2012 Edison Rodrigues Filho
Ilustrações: Walter Vasconcelos
Projeto gráfico: Andrea Yanaguita

Direitos de publicação:
© 2012 Editora Melhoramentos Ltda.

2.ª edição, janeiro de 2020
Edição revisada e ampliada
ISBN: 978-85-06-05694-3

Atendimento ao consumidor:
Caixa Postal 729 – CEP 01031-970
São Paulo – SP – Brasil
Tel.: (11) 3874-0880
www.editoramelhoramentos.com.br
sac@melhoramentos.com.br

Impresso no Brasil

Edison
Rodrigues
Filho
meiocirculante

2.ª edição – Revisada e ampliada

MELHORAMENTOS

1

O jornaleiro me tirou de uma caixa com alguns cartões telefônicos. Uns anos atrás, quem quisesse falar num telefone público usaria fichas telefônicas fabricadas com uma mistura de ferro, latão, cobre, zamak e outros metais. A vez das fichas havia passado, assim como a do réis, cruzeiro, cruzeiro novo, cruzado, cruzado novo, cruzeiro uma vez mais e, antes de mim, o cruzeiro real. Aquela era a minha vez: fui direto para as mãos de uma moça.

— Sabe como é, novo dinheiro, não há muitas notas circulando, troco anda difícil — disse o jornaleiro, revirando a gaveta numa procura vã.

Tampouco havia ali, naquela carteira, outras notas impecáveis como eu, a não ser duas ou três cédulas de menor valor a me fazerem companhia e um retrato, a simpática estampa de um homem em seus trinta e poucos anos.

A banca de revistas ficava em frente a um suntuoso prédio de escritórios, ao lado de um grupo de telefones públicos, os orelhões, e o nome da minha nova dona era Dileia, nos seus dezesseis, dezessete anos.

Ela falava com alguém ao seu lado, que, pelo tom que usava, tinha menos idade do que ela.

— Se dessa vez o desgraçado não me atender, subo nesse prédio de qualquer jeito...

Dileia inseriu o cartão na fenda estreita do orelhão, conferiu a quantidade de créditos disponíveis e teclou uma sequência de números. Ao atenderem a chamada, perguntou pelo Pirilo da expedição. Aguardou, numa tensa disciplina.

O alguém ao lado continuava calado, um silêncio de contrariedade.

— Conheço bem você. Não quero ouvir um pio.

Apesar de tudo, esse *nenhum pio* reverberava e vinha da pequena Malu, a irmã menor. Ela não tinha escolha, solidária por obrigação, a mesma que a fez ir à farmácia para comprar um teste de gravidez. Dileia não tivera coragem. Se o resultado fosse outro, não estariam no meio daquela confusão.

Dileia falava ao telefone, furiosa.

— Não está? É melhor ele me atender... Ah, não pode. Diga... — Novo e ruidoso silêncio até encerrar a ligação. — Eu mesma digo...

O fone pousou violentamente no gancho. Com um safanão, Dileia tirou o cartão da fenda — parecia um trem a todo o vapor, sem freios, prestes a invadir a estação e carregar tudo o que estivesse pela frente.

— Malu... — Dileia articulou com dificuldade entre dentes cerrados. — Faça o que combinamos...

A bolsa de Dileia foi aberta. Dali ela retirou um envelope endereçado a uma tal Maria do Rosário Pirilo. A correspondência detalhava um romance fadado a não ir adiante. Pirilo, a figura simpática da foto, era casado. Dileia descobrira depois que as doces palavras se transformaram em vagas promessas e propostas nada inocentes. Depois de aceitá-las e de dividir com o afogueado amante suas ilusões, Dileia encontrou sobre o criado-mudo do quarto de um hotelzinho barato a carteira de Pirilo e, nela, o retrato dele abraçado a outra mulher.

Deixo bem claro, antes que se especule de onde tirei isso tudo, que eu não estava nessa carteira. Respondo de imediato, vinha de Dileia, que ouvira de Pirilo toda sorte de argumentos e revelações. Ele se dizia infeliz com aquele noivado mórbido que já durava anos.

— Ela ficou doente, muito doente, coitada... Num morre não morre... Como é que eu poderia romper o noivado, assim, no pior momento dela, antes do último suspiro?

Pirilo jurou assumir compromisso com Dileia assim que a noiva moribunda desse o tal último suspiro, o que não demoraria nada, em função da gravidade do caso, ou terminaria tudo se ela melhorasse de vez dessa tal enfermidade — um tumor, um caroço, moléstia gravíssima cujo nome, naquele momento, não lhe vinha à mente nem por decreto; segundo suas palavras, "um martírio em vida".

— O quadro de Maria do Rosário é *quase* terminal. Não posso largá-la nesse estado, isso seria pecado em qualquer religião, um peso para o resto da vida. E eu e você temos uma vida inteira pela frente, *meu amor...*

Com falsa indignação, Dileia não conseguia repelir Pirilo, que vencia facilmente as suas defesas. E, assim, Dileia cedia. Por algum tempo, alimentou a esperança de tê-lo só para si, fiel àquela despudorada liturgia reinventada a cada encontro secreto; isso dava a tudo um tempero especial, mas que, só agora ela percebia, deixava um gosto amargo.

Nesse rosário, sempre chega a última oração.

A bolsa permanecia aberta, com o interior inundado de luz. E eu ali, parada, com uma ponta para fora da carteira. Dileia me puxou com facilidade. Assim, eu e o envelope fomos para as pequeninas mãos de Malu.

— Vá, o Correio fica a duas quadras daqui. — Dileia indicou o sentido da rua e esboçou uma lista de ordens num tom severo. — Mande a carta, guarde o troco e volte pra casa; vou demorar por aqui — disse, medindo a altura e a imponência do prédio de escritórios.

As irmãs se despediram. A mais velha viu a caçula seguir com seus passinhos saltitantes na direção indicada, invejando aquela maneira despreocupada de levar a vida. Dileia se lembrou de um tempo em que também podia ir pulando — jogo de sapata[1] —, um tempo em que travessura nem de perto significava gerar vida em seu ventre.

Dileia respirou fundo e subiu a escadaria do edifício comercial — era sangue quente penetrando a fria estrutura de aço, concreto e vidro.

Enquanto isso, Malu corria comigo e com a carta bem presa na sua mãozinha de criança.

---

1. Sapata é o jogo de amarelinha.

2

Malu não era nascida, e Macedo já trabalhava na Empresa de Correios e Telégrafos entregando correspondências. Com o correr dos anos e das entregas, as suas articulações foram se deteriorando. Restou o balcão de atendimento como alternativa.

Malu esperou bem-comportada chegar a sua vez, mãozinhas cruzadas às costas, um ar maduro em meio aos adultos. Quando chegou sua vez no guichê de Macedo, me estendeu junto com o envelope.

— Simples ou registrada? — perguntou Macedo automaticamente, como sempre fazia.

A menina deu de ombros e perguntou o que era mais barato. O envelope seguiu como carta simples, e, novamente, fui acomodada dentro de uma caixa registradora, num compartimento junto a outras cédulas com o mesmo valor que o meu.

Como o pagamento saíra naquela tarde, Macedo pegou as poucas notas mais graúdas de seus proventos e as trocou por outras iguais a mim e de menor valor. Fizemos um volume considerável, enchemos Macedo de satisfação, mas não de recursos. Ao chegar em casa, sua mãe, dona Iolanda, tirou o prato do forno de micro-ondas e ajeitou os talheres sobre o jogo americano puído, porém limpo e bem passado.

— Vai sair hoje? — Ela sabia a resposta. — Toda vez que você recebe o salário, sei bem aonde vai...

Macedo comia sem prazer e ouvia a mãe sem prestar atenção; dormia pouco, esperando o despertador tocar às 6 horas da manhã, se vestia, tomava café, ocupava o guichê para indagar aos clientes: "Simples ou registrada?".

Mas no dia do pagamento era diferente. Macedo terminou de comer, empilhou um punhado de cédulas sobre a mesa — a sua parte nas despesas da casa —, no que dona Iolanda fazia gosto, gabando-se de nunca ter sustentado marmanjo na vida.

Eu estava sobre essa pilha de notas, mas na última hora Macedo decidiu me tirar dali. Ele me alisou, dobrou em dois, depois em quatro, até me reduzir a um quadradinho minúsculo do tamanho de uma moeda. Fui para dentro do bolso de trás de sua calça. Macedo escovou os dentes, penteou os cabelos, pingou colônia nas mãos e as espalhou no pescoço. À porta da rua, ouviu dona Iolanda dizer: "Vê se não chega tarde!"

Macedo só conseguiu respirar ao ganhar a escada. Desceu dois andares e bateu na porta junto ao elevador; não demorou muito e ela se abriu. Macedo entrou, aspirou o aroma carregado de incenso, apreciou a chama das velas e os coloridos reflexos dos cristais — móbiles sobre o abajur.

— Você? — Ela o recebeu fingindo-se surpresa. — Já faz um mês...

Verônica pôs um disco na vitrola, Macedo tirou o paletó. O perfume da colônia se misturou com o do recinto. A agulha riscou o sulco no vinil, e a doce e aveludada voz de Billie Holiday encheu o apartamento. A cantora prometia nunca mais chorar — *I don't want to cry anymore*. Dançando num ritmo lento, o casal acompanhou os compassos arrastados, num entorpecimento que os levou ao sofá.

Sob a colorida manta de crochê, ouviram Billie cantar o que acontece quando uma mulher ama um homem — *When a woman loves a man*.

A noite terminou tal qual o destino trágico de Billie Holiday: em *Solitude*.

Macedo vestiu suas roupas, pôs a mão no bolso de trás da calça e me colocou assim, como um quadradinho dobrado, debaixo do cinzeiro de vidro sobre a cristaleira. Objetos de luz viajaram pelo teto, paredes e assoalho.

Como dona Iolanda queria, ainda era cedo quando Macedo foi embora.

Verônica quebrou a promessa de Billie e chorou mais uma vez.

3

Pela manhã, os reflexos que pintavam as paredes do apartamento de Verônica vinham da janela escancarada. A cortina — um tecido leve, branco — abanava o ar espesso. Ela se levantou da cama equilibrando um cubo imaginário de concreto no interior da cabeça, cujas quinas dilaceravam a nuca, a parte superior do crânio e os lóbulos laterais, que latejavam como tambores selvagens. Verônica aqueceu o café e espalhou um resto de esperança amarelada em forma de margarina no pão amanhecido. Mordeu a fatia com força, imaginando ser aquela borracha a sua própria mão. "Maldita dor de cabeça!"

Sobre a mesa, o jornal dobrado com os anúncios classificados — *Aluga-se*. Vários anúncios estão cercados por círculos incertos de azul de caneta esferográfica.

Verônica lavou a ressaca com água morna debaixo do chuveiro, depois escolheu roupa leve para vestir: calça jeans e bata branca de algodão. Pronta para sair, com as sandálias calçadas e o jornal na mão, ela verificou o dinheiro deixado por Macedo — aquela quantia irrisória era a garantia de não haver entre eles mais do que afeto calculado e agendado para todo início de mês. Verônica não precisava de nada mais dele, nada mais do que uma ou duas notas de pouco valor. Mesmo sendo aquela a única visita no mês, era crucial para a sobrevivência de Macedo, que nos vinte e nove dias restantes aguardava tão somente a chegada do próximo pagamento, enquanto repetia mecanicamente: "Simples ou registrada"?

O cheiro daquele cinzeiro estava me incomodando. Verônica me enfiou no bolso da frente da calça. Entramos num ônibus. Ao passar pela roleta, fui entregue ao cobrador, que, antes de me jogar dentro da gaveta de dinheiro, esfregou a unha em mim e me pôs de encontro à luz. Essa não era a primeira vez que faziam isso comigo — outros já haviam constatado minha legitimidade.

Verônica escolheu um banco disponível junto à janela. A gaveta foi aberta e fechada repetidas vezes; numa delas, nos perdemos de vista.

O cobrador apanhou das mãos de um passageiro uma nota novinha de maior valor que o meu. Repetiu-se o ritual de validação, e saí da gaveta junto com algumas moedas. Num instante, me vi na posse de um senhor distinto de terno cinza e gravata cor de vinho. Cabelos bem penteados, cheiro de talco. As mãos enrugadas me enrolaram com algumas moedas. Fomos para o bolso lateral do paletó. Ali havia um cartão plastificado com uma fita amarrada numa alça — um crachá — e, nele, além da foto, estava escrito seu nome e função: Geraldo Malheiros —Auxiliar Administrativo.

O crachá saiu do bolso. Não era uma coleira, mas foi pendurado no pescoço identificando seu dono.

— E aí, Geraldo? Conseguiu achar o caminho de casa ontem à noite? Que farra, hein? — O sujeito exageradamente efusivo logo na primeira hora da manhã era Orlando. Havia tantos anos eles dividiam a mesma sala que sabiam quase tudo da vida um do outro.

Geraldo pendurou o paletó na guarda da cadeira, apanhou sua caneca e foi até a garrafa térmica para enchê-la de café.

— Deixei o carro na garagem da empresa. Não tinha condições de dirigir. Fui pra casa de táxi, só tive de dizer meu endereço ao motorista, e isso ainda sei de cor. — Geraldo sorveu o primeiro gole de café; depois dele os outros seriam suportáveis.

— No que fez muito bem. Já o Menezes... lembra do Menezes da contabilidade?

O café estava doce demais, bem ao gosto de Orlando.

— O Menezes! Aquele gordinho! — O colega se aproximou em confidência. — Vendo o cara você vai lembrar...

Geraldo sorveu o gole suportável.

— O que tem o tal Menezes?

Num gesto de intimidade, Orlando cochichou ao ouvido de Geraldo.

— O Menezes bebeu umas a mais e bateu o carro. Mas não é só isso, ele tava dando uma carona. Sabe pra quem?

Geraldo finalmente o encarou, cedendo a atenção requerida.

— Não, Orlando, não faço a mínima ideia — disse relutante, sem conseguir distância suficiente daquele hálito maligno.

— Pra dona Marisa, a secretária executiva do superintendente, o seu Denerval...

Geraldo deu um passo para mais longe com ares de preocupação, fingindo ver a situação de um modo mais amplo, procurando algo que valesse a pena saber.

— E daí? Alguém se machucou?

A pilha de processos esperava Geraldo sobre a mesa, suplicava sua atenção, mas, conhecendo Orlando, se não o deixasse falar tudo, até o final, não teria um momento de paz para trabalhar.

— Como assim, e daí? — Orlando prosseguiu malicioso. — Não é a primeira vez que a dona Marisa vai pra casa acompanhada, entende?

— Não, Orlando, não entendo! — Geraldo não via nada significativo naquela conversa.

Orlando se aproximou o mais que pôde, sem perder a compostura; afinal, alguém poderia entrar na sala, e a última coisa que queriam era ser vistos cochichando — essa não seria uma atitude adequada num ambiente profissional.

— O Menezes descobriu uma coisa com a dona Marisa.

Geraldo levantou uma sobrancelha. Orlando percebeu na hora.

— Ah, agora você quer saber, não é?

Geraldo respirou fundo e chegou o mais próximo que pôde de Orlando.

— Fale logo, tenho muito trabalho me esperando! — Indicou a pilha de papéis sobre sua mesa.

Orlando aproveitou a atenção absoluta e continuou:

— Sabe o Milton Cerqueira? O Miltinho do financeiro?

— Não, Orlando, não sei de nenhum Miltinho — Geraldo respondeu exasperado.

— Pô, você também, não sabe nada...

— O que tem o tal Miltinho?

— Ele tem vinte e oito anos de casa.

Geraldo tinha vinte e sete e meio, aquilo não era nenhuma novidade.

— O que tem isso? Muitos funcionários trabalham na empresa há mais de vinte anos...

— Pois é justamente o problema, meu velho, a dona Marisa descobriu que o seu Denerval vai dispensar os funcionários mais antigos, comprar computadores, contratar estagiários, modernizar a empresa... O Miltinho, pela idade, é só o primeiro.

Orlando saboreou o estrago. Geraldo, finalmente, encontrou algo naquela conversa para lhe tirar de vez a paz e impedi-lo de dar conta de suas tarefas. Imaginou um robô com luzes piscando, uma máquina feérica sobre a mesa e a sua cadeira vazia — pior, ocupada por um imberbe, um desses malucos de fones de ouvido e espinhas na cara. Aquele trabalho, embora repetitivo, era de muita responsabilidade, era a sua vida, a razão para levantar pela manhã e deitar cansado à noite. Por aquele trabalho aturava até o Orlando! O que seria dos seus longos dias de solteiro? Geraldo vivia sozinho. De sua família recebia apenas um cartão-postal e um telefonema todo ano, próximo do dia de seu aniversário, mas nunca exatamente na data. O que seria dele depois de meio ano? Seria ele o mais antigo funcionário da empresa e o próximo da lista? Para decidirem sua dispensa não precisariam de mais do que um segundo, que dirá meio ano.

Na hora do almoço, indo na direção do refeitório, Geraldo viu um senhor carregando uma caixa de papelão — um bigodinho caído nas pontas, triste, vindo em sua direção.

A empresa não gastaria nem mais um almoço com o coitado. Marisa o consolava ao levá-lo até a porta. O terror se apoderou de Geraldo, que mal conseguiu engolir a comida.

Na mesa principal do refeitório, seu Denerval sorria satisfeito, contando velhas piadas para uma claque de jovens executivos.

Foi nesse momento que Geraldo teve a ideia. E se, no estacionamento, acontecesse um *acidente*? Atropelamentos são comuns, mais até do que batidas entre carros. E se o superintendente fosse atingido, de forma involuntária, mas fatal? Isso mudaria aquela empresa, os antigos seriam mais bem aproveitados, sua experiência orientaria o rumo dos negócios; em tal momento de consternação a empresa teria nos seus decanos a garantia de continuar prosperando.

O expediente se encerrou pontualmente às 18 horas, o crachá se acomodou ao meu lado no bolso do paletó. Geraldo o vestiu e desceu para o estacionamento. Aguardou dentro do carro os funcionários irem embora. O carro do superintendente permanecia na sua vaga, com o motorista ao volante. Quando seu Denerval apontou no elevador social, Geraldo deu partida no motor. Sem acender os faróis, arrancou lentamente. Deu o tempo certo para sua vítima alcançar o meio da via.

Geraldo pisou fundo no acelerador, os pneus cantaram. Seu Denerval estacou aterrorizado com aquele carro vindo loucamente em sua direção.

4

Geraldo entrou no bar da esquina onde a turma do escritório fazia a última reunião do dia. Escolheu um lugar isolado junto ao balcão. Ali, recuperou o fôlego.

— Você está se sentindo bem? — Marisa acomodou a bolsa no espaço vazio sobre o balcão.

Não, ele não estava nada bem.

— Quase fiz uma loucura! — A resposta de Geraldo soou como uma confissão; custou a acreditar no que ele próprio dizia. — Agora há pouco, quase atropelei uma pessoa por querer na garagem. No último momento, virei o volante. Por um triz não mato seu Denerval, o superintendente. O pior é que eu queria, sim, passar por cima dele. Ah, como eu queria... — Fez uma pausa desconsolada. — Me faltou coragem.

Marisa pediu uma bebida e um copo d'água ao garçom, que parecia saber exatamente o que ela queria. Em seguida, aterrissou diante dela um copo bojudo cheio de um líquido vermelho cor de sangue, com gelo e uma rodela de limão na borda. Diante de Geraldo, estacionou um copo cheio de água até a borda. Naquele bar, os copos vinham envoltos em guardanapos de papel.

— Beba um gole de água, vai lhe fazer bem. — Geraldo obedeceu, embora achasse que algo mais forte seria melhor.

Marisa se acomodou ao lado do colega.

— É, Geraldo, ganhamos o dia, pelo menos mais um dia. — Marisa sorveu um gole do drinque vermelho. — Entre mortos e feridos, todos se salvaram.

O semblante carregado de Geraldo expressava sua culpa. — Salvos? — suspirou desalentado. — Provavelmente, só até amanhã. Tenho certeza de que fui visto.

Marisa tocou o braço de Geraldo num gesto afetuoso, acolhedor.

— Geraldo... — dirigiu-se a ele, olho no olho, captando toda a sua atenção, preparando algo sério a ser dito, para em seguida desmanchar tudo num sorriso maroto. O salão do bar começou a se encher com o pessoal do escritório e de outras empresas da redondeza. Uma avalanche de solicitações desabou sobre o garçom, que até então só tinha alguns copos para secar.

Depois de outro gole pequeno, Marisa retomou de onde havia parado.

— Não se preocupe, o seu Denerval nem vai se lembrar do que aconteceu. Hoje, por exemplo, evitei a demissão do Miltinho; amanhã cuidarei do seu caso, isso se for realmente necessário. — Marisa esticou um olhar perspicaz. — Sossegue, homem, o velho não vê muita coisa.

Do alto do seu remorso, Geraldo via muito bem sua demissão, e por justa causa. Contudo, algo no que ela disse lhe soou promissor.

— Quer dizer que o Miltinho não...

Confiante, Marisa deu bicadinhas na sua bebida doce e sanguínea.

— O velho só faz o que eu mando... Eu é que *superintendo* aquela empresa.

Geraldo reviveu a cena da manhã, o bigode tristonho se dirigindo à porta de saída.

— Hoje, na hora do almoço, vi um senhor com uma caixa sendo levado por você até a saída...

Marisa encontrou mais motivo para rir; aquilo tudo não passava de um *supermal-entendido*.

— Aquele senhor? Era o pai do motorista do seu Denerval, que ficou viúvo por esses dias. Emprestamos o carro da empresa para eles no dia da cerimônia de cremação. A caixa de que você fala continha as cinzas da esposa dele. Coitado, o pobre estava inconsolável. Foi lá para agradecer o favor.

Geraldo bebeu um gole de água, ia pedir uma bebida quando Marisa o impediu.

— Nada disso. Hoje, pra você, só água. Digamos que me levando pra casa você está me pagando adiantado por manter seu emprego. Mas, dessa vez, sem tentativas de atropelamentos, está bem? "Não faça do seu carro uma arma." Você nunca ouviu isso?

Marisa sorriu, depois sorveu a última gota de sua bebida, pegou a bolsa e se levantou fazendo um gesto para o garçom, pondo sua assinatura imaginária sobre a palma da mão. O garçom, agora bem atribulado, assentiu afirmativo, entendendo que era para pôr a despesa na conta que ela mantinha no estabelecimento.

Geraldo também pediu a conta, mas água não se costuma cobrar, por isso ele me passou como gorjeta. E lá fui eu, de novo, para dentro de outra caixa registradora. Dessa vez, passou pouco tempo e estava nas mãos de uma garota que mantinha a umidade nas mãos com o molhador de dedo.

No ar, cheiro de batata frita. Próximo dali, uma máquina de chope não parava de encher os copos altos. A torneira derramava o líquido espumoso, formando uma faixa branca na parte superior, aparada por uma espátula de madeira comprida. A bandeja chegava e partia sem parar um minuto sequer, enquanto o vozerio aumentava proporcionalmente ao teor etílico do recinto...

— O troco, seu Ferdinando! — A garota pôs os dedos molhados sobre mim e me empurrou para a borda do balcão.

5

Ferdinando não disse nada, apenas me pegou de um jeito que me amassou toda; como um papel qualquer, me jogou dentro do bolso da jaqueta, junto de outras notas nas mesmas condições. Aquilo era uma verdadeira lixeira, eu mal podia ver quem estava em minha companhia. Em meio a outras bolas amassadas, eu era apenas uma bola a mais.

— O senhor quer seu carro agora? — O rapaz chegou solícito, querendo uma das bolas de papel perto de mim, talvez eu mesma; tudo podia acontecer naquela bagunça.

— É um carro prata conversível, aqui está o tíquete com o número da placa. — Ferdinando estendeu ao manobrista um papel que não estava em melhores condições.

O carro partiu. A brisa noturna tinha um aroma agradável de maresia. Na via expressa, o carro ganhou velocidade e, ao som do vento contra o para-brisa, seguimos para um novo destino, uma casa sobre uma elevação, com vista deslumbrante da cidade e suas luzes cintilantes. Pude ver isso tudo porque, ao chegar, antes de tirar a jaqueta e jogá-la no encosto do sofá, Ferdinando enfiou as mãos nos bolsos e os esvaziou sobre a mesa de vidro do hall de entrada. Eu e as demais notas amassadas nos misturamos a papéis de bala e ao molho de chaves que fez um ruído agudo e estridente de encontro à superfície fria da mesa.

— Que bom, Ferdinando, você chegou! — A voz pastosa de sono era de Marcela, sua mulher, que o esperava. — Não disse que ia trabalhar a noite toda?

Ferdinando tinha o corpo pesadamente atirado no sofá e nenhuma disposição para conversar — passava das duas da madrugada.

— Volte para a cama, Marcela, faça de conta que não estou aqui.

Marcela desceu os degraus da escada e o encarou apertando os olhos em meio à penumbra.

— Você está bem? Precisa de alguma coisa? Um chá, algo pra comer?

— Só me deixe em paz, é pedir muito? — respondeu ele sem nenhum sinal de veemência.

Marcela, maternal, sentou-se ao seu lado no sofá, pousou a mão no ombro do marido num gesto de compaixão e solidariedade.

— Gostaria de ajudar, se me deixasse...

Ferdinando a repeliu asperamente.

— Quer ajudar? Com chá, lanchinho? Ah, faça-me o favor!

Marcela levantou-se, apertou o laço do chambre e afastou-se, ofendida.

— Posso não entender seus negócios, mas sou sua mulher, você se lembra disso? Vale também para as horas difíceis. Diga logo, o que ficou decidido?

Ferdinando a encarou com seus olhos pesados de cansaço e frustração.

— Vá dormir, por favor. Alguém precisa ter uma noite inteira de sono. Tudo o que me sobrou está ali sobre a mesa —

disse olhando para mim, naquela descompostura, toda amassada, torta e corcunda.

Ele foi ainda mais explícito.

— Só sobraram uns míseros trocados, tenho de entregar o carro até o meio-dia. Ah, como eu queria dormir e acordar só depois que tivessem levado o meu prata conversível. Alguém precisa assinar os papéis. Mas você pode ter certeza que não serei eu... Me nego! Ah, dormir e não acordar seria tão bom. Se eu pegar no sono, não me acorde por nada neste mundo, ouviu?

Marcela, compreensiva, abraçou o marido com o que havia de ternura naquele relacionamento, e não era pouco. Havia quinze anos, ela desafiara os pais, que lhe disseram com todas as letras: casar com um pé-rapado como Ferdinando acabaria em dor e desilusão. Apesar do aviso agourento, Marcela não desistiu. Se ela fora capaz de abrir mão da fortuna da família, seria também capaz de encorajar seu amado a enfrentar os tempos difíceis que cedo ou tarde surgem na vida das pessoas e dos casais. Essa convicção, quase como uma obsessão, lhes daria força para superar tudo.

— Você pode dormir sossegado. Quando acordar, esse carro não estará mais na nossa vida. Seguiremos trabalhando, temos ideias e energia. Você vai ver, acordará num mundo diferente. No mundo dos que tomam condução, chegam aos encontros no horário marcado, dos que têm consciência ecológica e agem para reduzir as emissões de gás carbônico, cuidam do meio ambiente e transformam para melhor a vida de todos no planeta. Esse, ao contrário do que você imagina, não é um mau momento. O tempo vai mostrar isso.

Um discurso desses só poderia sair de quem realmente acredita nele. Marcela sabia, por experiência própria — este mundo não era assim tão maravilhoso, belo e romântico. Ela vivia espremida no transporte coletivo ineficiente, desumano e caro. Fazia tudo isso por um sentimento de independência. Sua renúncia ao dinheiro era a maneira encontrada para declarar seu amor. Um amor capaz de enfrentar adversidades, bem maior do que a vida confortável que sua família poderia oferecer — um saldo bancário de vários dígitos e empregados para servir tudo o que quisesse.

Ferdinando via apenas sua derrota, tinha consigo a terrível certeza de que acordaria a pé, e daria razão aos sogros: não era capaz de dar a sua família a vida que Marcela teria não fosse esse amor puro e enorme que ela sentia por um *pé-rapado*.

— Por favor, Marcela, volte pra cama, me deixe aqui; tenho até o meio-dia pra encontrar uma saída, e ainda não são nem três da manhã.

Marcela o beijou afetuosa. Depois de dois bocejos seguidos, saiu dizendo que a cama, sim, era a melhor conselheira. Isso também já foi dito; vai ver, é verdade.

Quanto a nós, cédulas de vários valores e tamanhos, nos expandimos sobre a mesa de vidro diante da janela aberta, recebendo aquela brisa salgada da noite. Logo, muitas cédulas deixaram a forma de bolas de papel. Algumas se espicharam, ainda que precariamente. Eu estava entre elas.

Sim, nos abrimos para a maravilhosa paisagem cintilante da cidade vista do alto. Enquanto isso, Ferdinando cevou em claro seu silêncio, tentando vislumbrar na escuridão alguma alternativa viável. Nenhuma fechava a equação com o resultado igual a ficar com o tal prata conversível, o que significava perder Marcela, cedo ou tarde. Ele lutara contra o sono por vários dias, mas chegara a noite final, véspera da perda de seu bem mais precioso, a extensão da sua maneira de ser, de se relacionar com o mundo e também com os palermas, domingueiros, motoristas de feriado. Ferdinando estava prostrado, sem nenhuma solução possível, sem ter como provar sua capacidade de amar Marcela, representada pela incapacidade de pagar suas dívidas.

De volta à garagem, sua mente divagou num torpor que o obrigava a arregalar os olhos na tentativa de se manter alerta. Se ao menos uma ideia viesse... Se tantos projetos e possibilidades parassem de se esfarelar no tempo... Que sono... Entrou no carro, reclinou o banco e ligou o rádio num volume quase inaudível... "Que sono." Tocava Billie Holiday naquele momento.

Ferdinando adormeceu agarrado ao volante do seu amado prata conversível.

6

Ferdinando estava metido num imbróglio de dívidas, juros de mora, impostos e multas vencidas — contas que ninguém fica satisfeito ao pagar. É bem diferente de quando por mim entregam mercadorias, serviços ou títulos com maior valor de face.

Nem sempre a minha posse significa fartura, patrimônio e felicidade. Algumas vezes, me entregam querendo que eu fique; em outras, recebo apenas a atenção de uma mera contagem.

Na situação de Ferdinando, nem muitas como eu dariam jeito. Ainda mais que, ao meu lado sobre a mesa, ainda desamarrotando vagarosamente, só havia cédulas usadas, sujas, cheirando perfume barato, que não dariam uma fração do valor requerido pelos credores de Ferdinando, os mais ávidos — órgãos do governo e casas bancárias. Mas para Alice, filha de Ferdinando e Marcela, nós, juntas, mesmo somando pouco valor, dávamos para o gasto.

Assim, fomos parar numa nova carteira, dessas de tecido, que abrem e fecham com velcro e fazem ruído de papel rasgado, motivo de temor para mim e minhas companheiras. Ao sermos inseridas numa ordem estrita, com zelo por nossas pontas, dispostas à parte de outros papéis, recados, listas de nomes sublinhados, desenhos de vívidos corações vermelhos, carimbos de beijos de batom e sachês, aspirinas e pastilhas dietéticas, nos sentimos aliviadas.

Agora, eu e minhas colegas, cédulas revigoradas, estávamos a bordo de outro tipo de ônibus, menor, cheio de vozes, algazarra, gritinhos e assovios. Não ouvi a catraca da roleta, era um ônibus sem cobrador, o que eliminava a possibilidade de ser examinada pela ridícula unha comprida do dedo mindinho. Seguimos com algumas escalas ocasionais para embarque de outros passageiros. As vozes ao meu redor eram de garotas, embora se pudessem ouvir os rapazes a distância.

Alice retirou de outro compartimento da carteira um papel de recado carimbado com o vermelho do seu batom.

— Recebi ontem — ela segredou para a garota sentada ao lado.

A sua voz tinha uma euforia contida. A colega, ao contrário, expressou genuína surpresa.

— Quero ver. Não acredito, Alice! É mesmo do Norton?

Alice me olhou, tocou as outras cédulas, que, a seu ver, ainda estavam desajeitadas, meio bêbadas, de ressaca; depois, ao som desse ruído horroroso de velcro, fechou a carteira rapidamente.

— Não reconhece a letra?

A garota sorriu maliciosa.

— Reconheço.

— É pra ele este beijo. — Alice imprimiu no papel com os lábios encarnados de batom sobre o nome dele.

Mais risinhos.

O ônibus seguiu sem mais paradas até o seu destino: a escola. Naquela folha arrancada de caderno havia um convite para acamparem por uma noite num sítio nos arredores da cidade, um lugar para ficarem a sós e viverem sua paixão;

convite que, é claro, não se estendia a mais ninguém, nem a sua melhor amiga.

Comigo é assim, só depois de algum tempo consigo racionalizar o que ouço e vejo. Aquele olhar aprovador de Alice para mim e as outras cédulas queria dizer que não faltava mais nada para ela dar curso à maior aventura de sua vida.

Aquela era uma carteira organizada demais para uma garota de quinze anos. Ali, não se aceitava a presença de uma cédula junto da identidade e da carteira de estudante. Naquele lugar cheio de compartimentos, organizado por Alice, eu tinha o meu lugar, e dali não sairia até que estivesse bem longe da escola, de casa e dos olhares vigilantes dos bedéis.

7

Alice fez questão de ajudar a pagar pela gasolina que encheu o tanque do carro de Norton. Não era propriamente dele, mas de um primo, que, a contragosto, o cedeu para a tão sonhada noite.

Fui direto para o bolso do macacão do frentista. O homem tinha um cheiro esquisito, uma mistura de substâncias voláteis grudadas ao tecido encardido. Difícil discernir do que estava mais impregnado. Como naquele bolso havia uma considerável quantidade de cédulas, percebi logo que sobreviveria ao cheiro dos combustíveis transferidos por uma mangueira de borracha preta a cada automóvel que estacionava junto à bomba. Não demorou muito e a mão suja de graxa me pegou junto a outras notas de menor valor; e, assim, coabitamos outro ambiente, dessa vez, aromatizado, climatizado e sonorizado.

Eu estava agora dentro de um carro importado, de luxo. Isso ficou claro porque, ao contrário das últimas vezes em que passei de mão em mão, não fui guardada com pressa, zelo ou avidez, e sim largada sobre um console onde havia uma alavanca que era puxada e empurrada a cada momento, acelerando e reduzindo a marcha do carro. Um emblema oval cromado com uma espécie de chapéu de vaqueiro ornava o centro do volante. A marca do carro oriental aparecia conforme a alavanca se movia.

Antes de eu conseguir decifrar o significado do tal emblema, o carro parou. Ao som de um zunido baixo, o vidro da porta do carona desceu lentamente. Um rosto de traços femininos surgiu emoldurado pela janela.

— Oi! Você pode me ajudar? — A voz soou lânguida.

Os olhos da moça se prenderam a mim e a outras como eu, juntas formávamos um montinho interessante.

— Precisa de carona? — O homem ao volante perguntou com indisfarçada ansiedade.

O rosto feminino sorriu, mostrando excelentes dentes.

— Você tá brincando, eu ia pedir... Olha, pensamento positivo. Eu tava agora mesmo...

— Podemos ir? — Interrompeu-a o homem, ao que ela entrou sem hesitar.

A tal alavanca se posicionou à frente, e o carro partiu. Eu e minhas colegas graúdas fomos furtadas pela mão rápida da garota e levadas pra dentro de sua minúscula bolsa. Lá, havia uma carteira de identidade que mostrava uma assinatura incerta abaixo do nome: Dulcineia Tavares. Ela falava sem parar, talvez fosse de propósito. O motorista não demorou muito para encontrar uma estrada deserta na noite de sexta-feira.

— Moço, não é por aqui...

De dentro da bolsinha de Dulcineia eu não podia ver nada. Fiquei por horas espremida com as notas graúdas, esperando que acontecesse algo. Só com o raiar do dia surgiu alguém, e a bolsinha foi aberta.

Mãos trêmulas, apressadas, nos retiraram todas dali. A claridade da manhã impediu que eu visualizasse quem nos pegava, mas de relance vi a poça vermelha de sangue escorrido de um profundo corte no pescoço da moça. A maquiagem estava borrada, e sua boca aberta, de excelentes dentes, expressava terror.

8

Fui sendo afastada da mancha vermelha, do rosto de traços femininos que não mais sorria — nele havia apenas um último registro de tensão e espanto. Vi o corpo caído no chão à beira da estrada, um corpo enorme, escultural, que ia diminuindo a cada passo apressado, silencioso, passos que levantavam poeira, formando uma cortina de partículas em suspensão.

Eu estava ali, sendo agarrada com força, e pude sentir o suor brotar naquela mão. Mas esse aperto não durou muito; à porta de um prédio com uma enorme cruz disseram que eu ia ficar com Deus.

Relutante, a mão suada se desprendeu de mim, me jogando dentro de um saco de veludo contendo considerável quantidade de outras notas como eu e de maior valor. Era também dinheiro suado, espremido e entregue com maior ou menor fervor, iríamos todos para as mãos de ninguém menos que Ele.

É de pensar o que Deus faria com uma coisa tão terrena como dinheiro, algo inventado pelo homem, sabidamente a parte imperfeita de Sua criação. Achei isso interessante — ser tocada pelo Divino, empregada numa causa superior. Mas devo confessar, a bem da verdade, mãos bem humanas nos pegaram, organizaram, empacotaram e, numa questão de horas, nos adicionaram a quantidades ainda maiores de pacotes de notas, todas para um mesmo destinatário.

Esperamos com paciência a hora do encontro com o Criador, mas essa hora não chegou. Seja pela pouca fé com que fomos entregues ou pela ausência pura e simples de uma noção concreta do grande Pai, o fato é que gradativamente fomos repartidas em vários montes menores, com destinos tão terrenos como o chão que as pessoas pisam. O bolo de notas onde eu estava foi parar nas mãos de um fabricante de louças sanitárias ornadas com fios de metais nobres, polidos e mármores raros.

Naquele santuário de pedras e metais preciosos, uma nota como eu não faria frente a um mísero ralo que fosse; mesmo assim o proprietário do estabelecimento nos apanhou com avidez e não passou nota de venda referente ao dinheiro vivo que lhe foi pago. Nessa transação, nem Deus nem o fisco foram lembrados, mas os aposentos do templo ganharam uma banheira divina.

9

Passaram-se um ou dois dias — não consigo saber ao certo, é difícil ter uma noção exata quando se está dentro de uma gaveta. Essa ideia de tempo, ainda que aproximada, só fui ter depois, quando eu e outras notas encontramos um novo destino. Saímos amarrotadas do bolso do fabricante de louças para banheiros de luxo e permanecemos espalhadas sobre uma mesa que não era de mármore, mas de granito. O lugar recendia a tabaco e café, havia um jornal aberto debaixo de nós, uma xícara ainda quente e um prato lambuzado de creme ou algo assim, escuro, melado, dessa vez não de cor vermelha e sim marrom, com cheiro de cacau. Não era sangue, mas eu estava sobre uma foto impressa na primeira página. Ali, sim, havia muito sangue.

Enquanto a atendente não aparecia para dar um jeito na mesa e receber outro cliente, vi a manchete que gritava a morte de dois jovens num sítio abandonado. Os nomes completos foram omitidos na matéria, mas não as iniciais — N e A — de Norton e Alice. Naquele final de semana, o prata conversível seria a menor das perdas de Ferdinando e Marcela.

De resto, nada mais fora omitido na reportagem, nenhum requinte de crueldade ou detalhes das atrocidades, tudo estava ali, sobre a mesa. Naquele texto impresso havia mais material viscoso que os restos de torta de chocolate no prato.

Aqueles adolescentes não chegaram a provar o doce da paixão; tiveram um final trágico sob o fel da lâmina amolada na pedra da injúria, da iniquidade, da obscenidade. Os algozes já andavam sob a mira da polícia, mas, até aquele momento, só os corpos das vítimas haviam sido entregues aos pais, que, atônitos, enterrariam sua esperança numa cova a sete palmos do chão.

A atendente aproveitou o salão vazio e se sentou diante do jornal com a imagem dos restos humanos reunidos em sacos pretos. Juntou a xícara suja ao prato melado, virou a página e perdeu o olhar nas fofocas da televisão. Ela não demorou mais do que um minuto para saber o que a audiência teria na programação noturna. Mascando distraidamente seu chiclete, me colocou no bolso do macacão e seguiu direto para a caixa registradora.

Lá estava eu, de novo, sobre uma pequena pilha de notas iguais a mim, presas por uma haste com uma mola que me faria ficar quieta por algum tempo, mas não muito. Agradeci por estar longe daquela imagem degradante estampada no jornal. Eu estivera em contato com N e A. Jamais imaginei vê-los em condições tão desumanas. Nem a morte da mulher à beira da estrada havia me chocado tanto quanto ver Norton e Alice naquela situação. De certa forma, eu havia colaborado para esse desfecho. Tudo seria diferente caso eu não estivesse disponível, caso não fosse trocada por alguns litros de gasolina.

E dinheiro ainda é acusado de não ter sentimentos, muito menos de culpa. Apesar de os homens cometerem as maiores loucuras para nos possuir, qual é o nosso real valor? Nunca vi dinheiro com crise de consciência.

Se o mundo gira em torno de mim, por que tudo acaba dessa maneira? Violência, mentira, opressão — serei eu a razão de tanta desgraça? Será que não é possível conquistar, compartilhar, remunerar com justiça o trabalho honesto, prover de bem-estar, saúde e progresso a partir da circulação de bens e serviços, tendo o dinheiro como mediador dessas transações que promovem o desenvolvimento das nações?

Enquanto pensava nisso, outras notas foram se ajeitando nos compartimentos da caixa registradora. Notas sujas, velhas e outras novíssimas que ainda cheiravam a tinta. É raro ver cédulas assim, impecáveis, em lugares tão distantes de onde foram impressas. Uma dessas beldades foi acomodada sobre mim. Era bonita, mas algo nela não estava certo, ou melhor, muita coisa não combinava comigo, e não falo dos números de série.

Bastaria à atendente segurar a cédula contra a luz para ver que não continha a numeração; na área à esquerda não estavam as figuras que representam a República ou a Bandeira Nacional em tons que vão do claro ao escuro, veria que também faltava a estrela com os símbolos das Armas Nacionais dos dois lados.

Ainda assim, seria suficiente tocar o papel para sentir que as cédulas verdadeiras são mais ásperas e a efígie em que vem escrito "Banco Central do Brasil" e o número com o valor da cédula devem estar em alto-relevo.

Mascar chicletes e prestar atenção a esses detalhes, ao mesmo tempo, parece ser demais para algumas pessoas.

10

O homem que nos recebeu como troco por um sanduíche e um refrigerante não se importou com as diferenças da minha amiga falsa. Para os mais afoitos e vorazes fica o prejuízo. Naquele ato de passar uma nota falsa talvez não houvesse má intenção, apenas desatenção, a julgar pela futilidade do interesse nas notícias do jornal. Apesar de tudo, a garota embrulhada em seu macacão tinha um sorriso encantador, e o cliente, com a fome saciada, alimentou por um instante a possibilidade de, num futuro próximo, ter aquele sorriso radiante enfeitando sua humilde sala de visitas ou, com um pouco mais de sorte, seu quarto de dormir.

Esse homem a quem me refiro atende pelo nome de Ernesto e, por ser solitário, tímido, não posso afirmar dos dois qual em maior conta, aceitou as notas expondo seu sorriso, mas não suas ideias. Apesar de ficarem frente a frente por um instante infinito de simpatia profissional, atendente e cliente, finalmente, se separaram. Ernesto não ousou tocar as mãos da garota, já que as dele, encardidas de óleo e graxa, não estavam à altura daquelas, quase imaculadas. Mecânico numa oficina do quarteirão, Ernesto não sentiu o mesmo pudor em nos tocar, dobrar e enfiar no bolso de trás de seu surrado macacão. Serviríamos para o almoço dali a algumas horas, não valia a pena guardar-nos numa carteira mais apropriada. Além do mais, não éramos assim de tanto valor e, sem dúvida, seríamos levadas adiante na primeira oportunidade, trocadas por quase nada.

Eu não sou de reclamar, mas aquele lugar não cheirava nada bem, e várias vezes durante o dia subiram bolsões de gases putrefatos que fariam soar o alarme da brigada antiterrorista se estivéssemos em zona de conflito com armas químicas. Ernesto gemia de prazer a cada sonora flatulência, e nós ali, a falsa e eu, suportando os ataques inexoráveis. A cada gemido, um parafuso apertado, outro gemido e uma arruela afrouxada.

— Esse serviço não tem fim, Ernesto? Preciso trabalhar! — bradou o taxista dono do veículo, sua ferramenta de trabalho, suspenso no macaco hidráulico.

— Ângelo, você está aí... Só mais um ou dois... — e mais um gemido terrível — minutos... Tome um café na esquina enquanto termino aqui. Pegue aqui o dinheiro, é por minha conta!

Sorte a minha, fui a escolhida para pagar a despesa na lanchonete.

Ângelo não me usou para nada, já que a atendente correu para abraçá-lo e depois serviu com gosto o café e a torta de chocolate.

— Você não esqueceu nada? — disse Ângelo com um sorriso sorrateiro, que julgava charmoso, mas bastante duvidoso, para dizer o mínimo.

A atendente olhou para os lados, certificou-se de que não havia ninguém no estabelecimento e se sentou no colo de Ângelo, como se fosse confessar inocentes pecados. E eles, por acaso, existem?

— Quer açúcar ou adoçante? — sussurrou ela no ouvido dele.

Ângelo, taxista de não perder corrida, olhou-a com um ar de galã, cofiou seu bigodinho ralo e respondeu num tom etéreo, quase espiritual.

— Açúcar *e* adoçante, meu docinho. — A mão escorregou pelas costas quentes da ardente atendente, antes de um longo e fervoroso beijo.

Quando os lábios dele desgrudaram dos dela, ele disse num tom grave, que, para a atendente, era humanamente irresistível:

— Passo depois pra te pegar...

Poucos são capazes de pegar o coração pelo ouvido. A atendente soltou um suspiro ao ver que ainda faltavam mais de três horas de trabalho.

11

Ernesto levou mais tempo para dar como encerrada sua tarefa, por isso levou o carro até o endereço de Ângelo como forma de compensá-lo pela demora. O taxista recebeu o mecânico efusivamente; a noite começara muito bem com o atendimento especial recebido tanto na oficina como na lanchonete. A atendente estava diante da TV e, dessa vez, sem o macacão.

— Quer beber alguma coisa? — Ângelo puxou Ernesto para dentro do apartamento.

Constrangido, molestado pelos pensamentos impuros que a atendente sem avental o induzia a ter, Ernesto se conteve para não *gemer*. Sabia bem o que isso significava literalmente.

— Não, obrigado, só vim trazer as chaves do carro.

Ângelo estava feliz por razões que Ernesto bem podia supor. Não aceitou recusa.

— Ora, deixe disso, Ernesto, só um gole, vamos!

A moça não tirou os olhos do falso drama na TV, decerto acostumada com outras coisas falsas na sua vida. Tanto a nota como o programa e as juras de amor de Ângelo lhe soavam perfeitamente verossímeis.

Ernesto forçou um sorriso mecânico, procurou o cantinho mais afastado da moça no sofá. Mal olhou para ela.

— Boa noite! — Introduziu uma saudação sem esperanças de aquilo ter continuidade.

— Boa... — Entraram os comerciais.

Ângelo chegou com uma garrafa soltando espuma branca pelo gargalo e um copo aparentemente limpo, mas sem nenhuma garantia disso.

— Aqui está... — Sentou-se entre eles, enchendo o sofá e os copos.

Não havia muito a dizer, nem o que brindar. Ernesto suportou aquele ambiente inodoro e se despediu quase se jogando para fora do apartamento. Foi embora *gemendo* prazerosamente pelo corredor.

— Sujeito mais estranho! — Ângelo resumiu depois de fechar a porta.

A atendente gostou de terem ficado a sós.

— Muito...

A TV foi desligada, as luzes se apagaram. Os ruídos que vieram a seguir não me causaram nenhum espanto. Para Ângelo, haveria depois longas horas de trabalho, tinha contas para pagar, e nem todo dia é de boca livre. A julgar pelo efusivo relacionamento com a atendente, seus esforços estavam bem empregados.

12

O dia amanheceu do jeito que os taxistas gostam: chuvoso. Embora o trânsito ficasse intolerável, muitas pessoas se viam na contingência de compensar seus atrasos tomando táxi em vez de chuva. Eu fui para uma caixinha de madeira debaixo do banco de Ângelo. Sem destino certo, íamos aonde as pessoas nos levavam. Não demorou nada e um homem embrulhado num terno escuro ocupou o assento traseiro.

— Toca pro centro, amigo!

Agora, Ângelo e eu tínhamos um novo rumo, o centro, e um destino à nossa espera.

Em meio ao anda e para, Ângelo deu vazão à sua natureza falante de taxista, enquanto o passageiro olhava para a chuva como que suplicando por algo impossível, como uma breve estiagem.

— O amigo está elegante nesse terno, pena a chuva molhar o figurino.

O passageiro levantou mais um pouco o vidro, as gotas teimando em cair na manga do paletó.

— Tenho uma entrevista de emprego marcada para daqui a meia hora, será que dá tempo?

Ângelo ocupou a faixa exclusiva dos ônibus à esquerda.

— Amigo, se depender de mim, a vaga é sua.

E lá fomos nós, atrás de um coletivo e de uma esperança.

O passageiro consultou o relógio; seu nervosismo transparecia, apesar dos vidros embaçados.

— Faz tanto tempo que estou desempregado, já nem sei se dou conta do trabalho.

Ângelo olhou pelo retrovisor e seguiu em frente, retomando a linha reta que dava para o futuro daquele homem angustiado.

— Não se preocupe, amigo... Qual é mesmo a sua graça? Eu me chamo Ângelo — disse solene. — Ao seu dispor...

Eles apertaram as mãos em cumprimento, a do passageiro estava úmida.

— Reginaldo, seu criado.

— Olhe, Reginaldo, fique certo de uma coisa: se esse emprego é pra ser seu, ele será, independentemente de chegar no horário, independentemente até da sua verdadeira competência. Eu e o meu táxi damos sorte. É brinde da casa! — Ângelo anunciou maroto.

Reginaldo sorriu pela primeira vez.

— Talvez devesse ser você, Ângelo, a fazer a entrevista, já que tem tanta sorte assim.

Agora foi a vez de o taxista sorrir.

— Sorte, sim, de saber bem o que eu quero e o que não quero. Não me interesso em trabalhar num escritório, parado o dia todo; sou da rua, do movimento, tiro as pessoas do sufoco, resolvo coisas, levo e vou daqui pra lá, de lá pra cá, esse é o modo que escolhi de viver.

Reginaldo virou o olhar na direção da janela.

— Fazer aquilo para o qual foi feito... Bem que eu gostaria de ver as coisas assim, tão simples. — Reginaldo concordou, mais conformado que convicto. — Esse emprego não é lá grande coisa, é de tirar o couro da gente, metas, pressão, chefia com a corda no pescoço, colegas oportunistas...

Ângelo retomou a faixa congestionada de tráfego.

— Acho melhor não levar você pro centro, Reginaldo. — Ângelo soltou uma gostosa gargalhada, imaginando-se atrás de uma mesa, pendurado ao telefone. — Se o amigo gosta de sofrer, gosto não se discute.

Reginaldo riu também. Aquela era uma viagem agradável; se não tivesse que chegar ao destino, não a terminaria nunca. Mesmo esperando pelo pior, não restava alternativa. Tinha que tentar, as contas se acumulavam. Havia se acostumado ao ócio, mas estava cansado de pedir dinheiro emprestado, dinheiro que jamais devolveria.

— Chegamos!

Ângelo parou o carro o mais perto possível de onde Reginaldo desejava ir. No centro, a circulação de automóveis é restrita, e, apesar de as cidades crescerem para cima, com seus arranha-céus envidraçados, o espaço das vias públicas continua o mesmo.

— Quanto custou a corrida, Ângelo? — perguntou Reginaldo com certa aflição. Entregava ali a sua última nota de cinquenta.

Ângelo viu que o taxímetro passara uns centavos da cifra de quarenta reais.

— Vou arredondar pra você. — E lá fui eu para as mãos úmidas de Reginaldo.

A vontade de ser feliz das pessoas é sempre tão visível, eu a reconheço em cada um que me pega. Todos, sem exceção, desejam alcançar algo que não têm e, por meu intermédio, tentam ardentemente possuir. Mas sendo eu, isoladamente, de tão pouco valor, tudo termina em frustração, ou num sentimento de falta, um vazio que nem muitas cédulas têm como preencher.

Quando Reginaldo entrou no escritório de recrutamento e seleção, se deparou com uma dezena de outros como ele, enfatiotados, dispostos a dar a alma por um salário insuficiente, interessados num serviço degradante em alguma empresa duvidosa. De quem seria a culpa por tanto desencontro, tanto engodo? Minha? Que nada! Meu valor, apesar de pequeno, pode pagar um lanche e uma passagem de ônibus de volta para casa, o que não é pouco tendo em vista o vazio na carteira desses candidatos engomados.

Reginaldo me segurou com força; eu era única em seu bolso, ganhei assim um valor incalculável, ainda mais depois do que a recepcionista disse: "Ao preencherem o formulário, paguem a taxa de serviços no caixa ao final do corredor e... boa sorte!".

Muitos dessa dezena de almofadinhas se olharam e perceberam que naquele recinto só um teria sorte, e não era nenhum deles, mas sim a empresa de recolocação profissional.

Todos se levantaram, e só alguns se dirigiram ao caixa. Reginaldo e outros tomaram o sentido oposto, o da porta de saída.

13

Na esquina havia uma cafeteria. O aroma puxou Reginaldo para dentro, e eu pude proporcionar um momento de reflexão diante do brioche devorado numa só abocanhada. Antes de me entregar ao caixa, Reginaldo abriu o jornal, para meu alívio, na seção de classificados, bem longe da página policial. Entre promessas de emprego bem remunerado, perfis profissionais exigindo boa aparência, fluência em mais de um idioma, formação compatível e disponibilidade total para viagens, Reginaldo parou de sonhar em ser algo tão improvável, tratou de fechar o jornal, sorver a sua poção quente, revigorante, e traçar mentalmente o caminho de volta para casa. Tinha, novamente, todo o tempo do mundo e o aproveitaria da melhor maneira possível. Algo de bom haveria de acontecer, nem precisava ser um milagre. Sua vontade era a de falar com as pessoas, falar do seu desejo de fazer algo relevante, provocar uma mudança verdadeira na vida de alguém, na sua própria vida. Ao procurar por um emprego, qualquer um, Reginaldo teve a noção clara do quanto teria que mudar, quanto ele e o mundo precisavam mudar. Mas começar por onde? O que fazer exatamente?

Sendo tão somente uma nota de dez, poucos me dão ouvidos. Eu poderia dar algumas sugestões a Reginaldo, começando por empreender uma busca em seu interior, a fim de descobrir aquilo que é mais relevante, mais efetivo e o que proporciona as melhores experiências; isso que muitos chamam de dom, capacidade especial, estará bem à mostra, porque ele existe ao menos numa única versão em cada pessoa. É algo simples, prosaico, para muitos, insignificante, só não será para a única pessoa que importa: você. Depois é pôr a cabeça para funcionar, encontrar um jeito de servir-se desse dom, de modo que prospere, evolua, cresça, gere frutos, melhore também a vida de outras pessoas além da sua. Reginaldo, você consegue me ouvir? Só aí o retorno pode ser medido. O retorno financeiro será apenas um de tantos. Esta é a parte intangível, misteriosa, da vida; é a descoberta, a ação e a transformação. O homem é obra em progressão, por isso incompleta, imperfeita, eternamente inacabada, em parte feita por si mesma, em parte tocada pelo intangível, o divino, o sagrado, o misterioso, de toda forma inexplicável, aquilo que só com a crença se pode lidar, e crença tem uma diferente para cada indivíduo.

Reginaldo partiu, levou suas indagações, me deixando na gaveta da caixa registradora. O comerciante me recebeu sem nenhuma dessas dúvidas ou certezas em mente. Seu pensamento estava no fornecimento de adoçante e café que não havia chegado, logo teria que pedir aos fregueses para mudar seus pedidos para chocolate quente ou chá, e isso em nada resolveria, sendo aquele lugar uma cafeteria.

Um desses clientes surgiu num terno de estilo cuja etiqueta fazia jus ao que presumivelmente custava — uma fortuna. Gilmar era um homem de meia-idade, cabelos prateados nas laterais, uma figura bem apresentável, quase distinta.

Ele sorveu seu café apressadamente, pagou a despesa com uma nota graúda e recolheu várias notas do troco, deixando as moedas sobre o balcão.

O dono da cafeteria esboçou um sorriso capcioso de agradecimento que não precisou manter por muito tempo. Eu, as outras notas e Gilmar saímos como uma ventania, daquelas que escancaram portas, fazem as janelas bater, põem guarda--chuvas do avesso. Nosso novo destino: um suntuoso escritório no alto de um prédio comercial, a duas ou três quadras de onde nos encontrávamos.

Onde estaria Reginaldo àquela hora? Por quanto tempo eu me lembraria dele? Certamente, nem imaginava que uma nota de dez reais estaria pensando nele e na sua vontade de mudar o mundo.

Eu estava bem acomodada numa carteira de couro novinha em folha e respirando o aroma de uma loção pós-barba que tinha uma leve nota amadeirada. Íamos rumo ao topo num elevador de interior espelhado. No painel de controle, apenas o último botão de uma longa fileira estava aceso.

Uma senhorita nos recebeu com simpática formalidade, indicando o caminho à frente. Fomos atrás dela até uma sala com móveis de desenho arrojado, vidro, metal e madeira combinados com estilo e bom gosto. Ela nos acomodou, serviu café, água gelada e saiu. Não demorou muito e a senhorita surgiu de novo; com o mesmo sorriso, nos levou para uma sala de reuniões. Ficamos sozinhos junto à grande mesa com tampo de carvalho rodeada por poltronas anatômicas. Havia um telão pendurado na parede ao fundo. Um senhor de cabelos brancos e pele enrugada ocupou a cabeceira da mesa.

Eles não se cumprimentaram, apenas ouvi um ruído abafado substituindo uma saudação protocolar.

— O que trouxe pra mim, Gilmar? — perguntou o velho, nada amistoso.

Gilmar tirou um CD do bolso.

— Seu Beviláqua, o que verá pode não ser do seu agrado.

Beviláqua pegou o disco e o colocou na bandeja expelida por um aparelho. Com um ruído seco, o aparelho engoliu o CD. As imagens começaram a ocupar a tela. Flagrantes de uma mulher bonita sorrindo abraçada a um homem, vistos pela janela da fachada de um hotel. O casal aparece se beijando, e agora ela está nua abraçada ao homem. Quem não sorri é Beviláqua, teclando o controle remoto com violência, espreitando o casal saindo do hotel e apanhando um táxi.

— Aposto uma nota de dez que o senhor não esperava por isso — disse Gilmar, me colocando à disposição do óbvio.

O aparelho foi desligado, a tela ficou branca, no tom exato dos cabelos de Beviláqua. Gilmar esperou o sangue se dispersar naquele rosto inflamado.

— Você tem mais alguma coisa para mim? — indagou o velho, esperando no íntimo ter visto tudo.

— Não — Gilmar respondeu lacônico, ainda comigo em seu poder.

— Então passe pra cá essa sua nota de dez. O que você acabou de mostrar não é novidade nenhuma para mim.

— Como assim? Sua mulher com outro homem... Já sabia disso?

Beviláqua riu da sinuca em que colocara o perfumado araponga.

— Não é minha mulher; o homem nessas fotos que é o meu filho, aquele salafrário, vadio... Passe pra cá a nota, vamos!

Constrangido, era esse o Gilmar que me pareceu tão seguro de si, tão alinhado em seu terno caro, o mesmo que relutante abria a carteira de couro. Fui jogada na mesa como um troféu à presunção.

Os dois homens foram embora, e eu fiquei ali, no escuro. Beviláqua, meu dono eventual, retornou depois; posso assegurar que foi bastante tempo, porque demorou muito para as luzes se acenderem. Em seguida, o mesmo homem que aparecia nas fotos entrou na sala. Bernardo se viu no telão. Não disse nada enquanto as imagens foram se alternando.

Finalmente, Beviláqua me apanhou em cima da mesa e disse com um ar dramático:

— Você sabe o que é isso?

Bernardo deu de ombros, pouco interessado em mim.

— Uma nota de dez, e daí?

Beviláqua se recostou na poltrona em busca do equilíbrio que começava a perder.

— É quanto você vale, bastardo, miserável!

Dali em diante a conversa embicou para temas ainda mais inóspitos para o rapaz: responsabilidade, postura e competência. Não ficava bem o diretor da empresa levar mulheres para a suíte presidencial — isso destruiria a reputação daquela tradicional rede hoteleira.

Nas mãos do desalentado Beviláqua ou esticada sobre a mesa, eu era apenas um exemplo daquilo que o pai ofereceria ao filho, caso ele não se emendasse.

Ao sair, Beviláqua esbravejou:

— Bastardo, inútil!

Na sala de reuniões vazia, Bernardo experimentou a cadeira junto à cabeceira da grande mesa de carvalho. Ali, tomavam-se grandes decisões. Naquele momento, no entanto, havia apenas um pensamento vagando na mente do bastardo: "Preciso me lembrar de fechar as janelas".

14

Bernardo me enrolou na forma de um canudo, desses de beber refrigerante. Foi aí que Glória, a senhorita da recepção, entrou na sala de reuniões. Ela ficou satisfeita em me receber das mãos de Bernardo e nem precisou sair do lugar para acompanhá-lo com seu sorriso marcante.

Espionar a mando do filho do patrão não deveria ser uma atribuição regular de Glória, mas tarefas como essas a mantinham no emprego sem pesar na sua consciência.

Desde cedo, Glória se acostumara a receber gorjetas pelos seus serviços. Dedicada, atenta aos detalhes, discreta, não seria ali, no tapete felpudo e acolchoado dos escritórios da diretoria, que haveria de estranhar o que se passa em quartos de aluguel.

Há tempos que a hotelaria está no universo profissional de Glória. Nesse ramo, fazer as tarefas de maneira satisfatória trouxe benefícios e boa remuneração. Nota graúda ou pequena, tanto fazia, só revelava o tamanho do bolso do cliente. Nesse tipo de prestação de serviços, a satisfação tem que ser garantida para quem paga, não para quem recebe.

Que fique, então, bem claro: eu não era uma gorjeta para Glória, era um prêmio por informar a Bernardo a respeito de Beviláqua e descobrir o que ele sabia sobre o movimento na suíte presidencial quando estava vaga.

Glória se certificou de não haver ninguém por perto, aproveitou meu formato cilíndrico e me enfiou na aba do sutiã. Minha presença ali a fez sorrir e lembrar momentos em que embolsava muitas notas em seu avental de camareira. Aquele dinheiro a fez perseverar, o ramo hoteleiro costuma reconhecer e valorizar bons profissionais.

No calor do peito de Glória, descobri o valor que ela atribuía a mim — fosse eu uma gorjeta enfiada no bolso do seu antigo avental de camareira ou no sutiã da atual recepcionista da diretoria de uma rede hoteleira de primeira grandeza. Ali, o mundo tinha uma lógica simples, rasa, cartesiana, uma convicção original: possuir-me, e a tudo que represento como riqueza, justificava qualquer coisa. Para ela, eu não passava de uma simples e barata nota de dez, mas eu estava num pedestal, experimentando o torpor e a fascinação do sucesso.

Glória era mais do que um sorriso encantador num corpo escultural e eu mais do que uma simples nota de dez.

15

Eu ficaria ali para sempre, moldada àqueles volumes generosos, cedendo às volúpias, mas o meu andar não está em mim, o destino de ninguém está sob controle. Da forma cilíndrica, retornei à original, alisada pelas mãos de Glória, que cheiravam a creme hidratante. Ela me deixou esticada, em exposição, sobre a mesa da sala de estar.

Ouvi de alguém que tinha uma voz fina e aguda:

— Mãezinha, você chegou!

Atrás de Glória soaram passos bem graúdos e rápidos, eram os de Carolina.

— Não vai mais sair, hoje? Vai ficar com a neném? Se você precisar, eu fico com ela.

A criança correu para dar um abraço apertado no pescoço da mãe. Glória se esquivou daqueles bracinhos amorosos, evitando estragar a maquiagem.

— Preciso me arrumar e voltar para um evento no hotel... em meia hora o motorista virá me buscar... Se não for abusar, Carol, você pode ficar esta noite?

Carolina ficava com a filha de Glória sempre que necessário, mas não fazia isso pelo dinheiro, era por remissão. Já se iam dez anos do dia em que jogara a filha recém-nascida nas águas lamacentas de um córrego próximo à sua casa. O saco preto de plástico ainda se mexia quando a correnteza o levou para longe. É verdade, estava desesperada, não tinha nenhuma chance de criá-la com um mínimo de dignidade. Contudo, assim que as águas começaram a engolir o insólito pacote, Carolina se jogou numa vã tentativa de reparar seu erro. Ela quase se afogou no caudaloso rio de lágrimas; imersa na culpa e na vergonha, sua alma afundou na lama com a filha.

Dez anos depois, Carolina ainda ouvia o choro abafado pelo saco amarrado com fita isolante. Seu coração permanecia no fundo do rio, e a única tábua de salvação era aquele tempo que dedicava a Glória e sua filhinha. Quando Carolina me segurou firme na palma da sua mão, senti que um poço vazio e profundo ocupava o lugar de sua alma. Lá, bem no fundo desse vazio, ela buscava penitência por ter se permitido um ato repugnante, por ter dado uma solução tão indigna para um problema que, de um modo ou de outro, mal ou bem, sempre se resolve: criar os filhos.

Carolina tinha trazido à luz uma criança saudável e, mesmo sem marido, sem dinheiro, sem teto nem comida, era mãe, provera vida a um ser humano, tinha por obrigação defender a filha da morte, e não a provocar. Se tivesse conseguido resgatá-la, feito mais força, nadado mais, se não tivesse tanto medo, se não fosse tão jovem, desesperada e inexperiente, esse remorso não estaria a corroer sua alma despedaçada. Agora, de nada adiantava seu arrependimento, em vão tentava conjurar seus fantasmas.

Cuidando da filha de Glória, Carolina encontrara uma forma de resgate. Ela se mantinha sempre disponível, mesmo de graça, passava noites em claro permitindo que Glória ganhasse a vida, por ela e principalmente pelo bebê. Carolina a havia adotado sentimentalmente, retirando do lodo aquele saco jogado no rio. Não deixaria que outra mãe despreparada arruinasse a vida de uma criança. Não deixaria que uma desatinada qualquer a jogasse de novo nas águas escuras da morte.

 Glória tinha a filha agarrada às suas pernas e ainda retocava a maquiagem do rosto quando a campainha do interfone soou estridente. Apressada, ela beijou a criança na testa, pegou a bolsa e saiu sem dizer quando voltaria. Carolina era de confiança — e tinha um instinto maternal invejável —, e de confiança Glória entendia bem, por esse fator Bernardo a mantinha no emprego. Mas isso não seria suficiente, o filho do dono só aprontava, e ela precisava fazer mais.

 A noite seria longa e mesmo cansada Glória estava especialmente radiante. Recepcionaria autoridades e empresários para um jantar beneficente de gala no maior hotel da rede — o tipo de evento que rende mais em negócios do que em doações. Um carro preto luxuoso a esperava. Glória ouviu do motorista:

 — Para onde, madame?

 Glória mostrou seu melhor sorriso.

 — Para o Plaza, por favor! — As portas se trancaram com um ruído assustador de cadeados.

 O motorista falou de um assassino à solta, que mantinha escondida uma faca de lâmina bem afiada. Enquanto o carro mergulhava em ruas escuras, Glória consultava as mensagens no celular. Ela chegou a pensar que se o motorista fosse o tal assassino, seria fácil para ele enterrar a lâmina em seu pescoço macio e cheiroso. Só que era o próprio, enviado por Bernardo. A viagem durou pouco.

 Num mundo em que a confiança valia ouro, Glória valia menos do que uma nota de 10 reais.

16

Carolina e a criança nunca mais veriam Glória.

Eu também fiquei um bom tempo sem ver ninguém. Naquela noite fatídica da morte de Glória, Carolina me guardou dentro de uma agenda. Por mais que ali estivessem à minha disposição calendários, números e dias da semana, contei um tempão até alguma coisa acontecer ou alguém me tirar daquele limbo, daquele hiato. Durante esse tempo indefinido, repassei minhas idas e vindas, relembrei cada uma das figuras com as quais me deparei, tentei encontrar um sentido para essa ciranda de mão em mão. Durante o isolamento não cumpri função, não me trocaram por mercadorias, serviços, nem ao menos fui tocada por mãos que fariam de mim uma forma de sobrevivência ou de felicidade. Ao contrário, me deixaram de lado, entre uma página e outra, espremida entre a quinta e a sexta-feira de uma semana qualquer num mês de um ano a ser esquecido, ou a agenda teria sido aberta. Foi escuridão completa até me libertarem. Não fosse o valor que permanece em mim, teria o mesmo destino da agenda: a reciclagem.

O meu valor pode não ser grande, mas não sou um simples pedaço de papel, como a agenda que me aprisionava. Ela, sim, foi rasgada, picada em pedaços minúsculos e misturada numa sopa rala para secar sobre uma peneira fina e novamente virar material para diversos usos. Antes de isso acontecer comigo, as mãos sujas de Veridiano, o catador de papéis, me guardaram com carinho no bolso do macacão. Ele esperou que os outros catadores saíssem de perto para verificar o meu estado: usada, mas perfeita. Juntou-me às outras notas miúdas numa carteira surrada feita de um material parecido com couro. Definitivamente, não era couro.

Veridiano sabia onde encontrar seu ganha-pão em forma de materiais descartados nos bairros abastados da cidade, suas *minas de ouro*. Todos os dias ele percorria as ruas puxando seu carrinho e o enchendo com papelão, madeira, plástico, metal e vidro, coisas que tinham valor para ele, mas não para quem as jogava fora. A tal agenda em que me encontrava estava numa dessas lixeiras.

Carolina havia encontrado trabalho numa casa grande, com muitas crianças a serem cuidadas, crianças como a filha de Glória, temporariamente abandonadas pelos pais, só que esses voltavam para apanhá-las.

Veridiano também tinha sua rotina, gostava de ver Carolina toda vez que recolhia seu sustento em forma de material reciclável. Carolina nunca correspondia a seus sinais de interesse, nem quando Veridiano criou coragem para convidá-la para ir ao cinema, fazer qualquer coisa juntos, dar um passeio no parque ou tomar um sorvete. Carolina não via nada de inocente naqueles convites, tratava de se calar e de fechar a cara, imaginando que isso era suficiente para desestimular o catador de lixo.

Demorou, mas deu certo. Veridiano desistiu de falar com Carolina. Nesse momento, a agenda foi para a lixeira. Carolina queria esquecer de vez o trágico fim de Glória, por isso nunca mais a abriria; simplesmente nos atirou fora, direto para as mãos de Veridiano.

Fui aceita de bom grado. Eu que vagamente me lembrava de ter sido de Carolina. Para um catador, não importa quem é dono do quê, basta que os objetos jogados fora tenham algum valor para serem seus.

Assim, retomei minha ciranda maluca, passando para outras mãos desconhecidas, agora as de Morganti, o proprietário e senhorio que há dias vinha cobrando o aluguel do barraco ocupado por Veridiano. Num aspecto a favela não difere em nada dos melhores condomínios e bairros — de algum modo sempre se paga para morar. A diferença é que nesses aglomerados de telhas quebradas e pedaços de tábuas não existe urbanização, muito menos urbanidade.

— Falta metade, não posso receber só metade do aluguel, Veridiano — disse Morganti rispidamente, o dono daquilo que insistia em chamar de *residência*.

Veridiano coçou a cabeça, escolhendo bem as palavras.

— A vida tá difícil, seu Morganti, até lixo anda escasso. O senhor sabe, é a crise. Não se vê ninguém nas lojas, as pessoas não compram nada, só o necessário. Sem compras não tem descarte de embalagens; sem embalagens no lixo não tem material pra reciclar; sem reciclagem, o senhor sabe, não tem dinheiro na mão da gente. *Ou* o senhor aceita esse dinheiro pela minha boa vontade e espera a coisa melhorar *pr'eu* pagar o resto que devo, *ou...*

— *Ou?*

— Ué! *Ou* junto meus cacarecos e vou *pr'outro* lugar, que é o que não falta por aí.

Morganti não precisava da lição de economia do catador *pr'entender* que não adiantava pressionar seus inquilinos. Veridiano era o mais responsável e cumpridor de compromissos. Ruim com ele, pior sem ele. O novo morador daria ainda mais trabalho, e de trabalho Morganti andava cheio.

— Está bem, Veridiano, passe pra cá essa *merreca*.

Eu fazia parte daqueles trocados que meu novo dono chamava de *merreca*. Morganti lambeu os dedos, e para meu desgosto a sua saliva espessa molhou uma das minhas pontas. Por sorte aquilo não demorou muito; afinal, não éramos muitas, quase nem fazíamos volume.

— Aqui não tem nem metade, Veridiano.

O catador deu de ombros, como quem diz: "É tudo que eu tenho."

A cara de Morganti não melhorou nada ao nos enfiar no bolso. Ali havia mais de nós, não sei ao certo quantas, o suficiente para ele não ficar tão incomodado por Veridiano pagar apenas uma parte da sua dívida. As pessoas gostam de nos possuir, mas se incomodam profundamente pelo montante que *poderiam* ter. É difícil entender, é como se o dinheiro possuído não tivesse o mesmo valor do dinheiro que se poderia ter.

De qualquer maneira, nos querem. De um jeito ou de outro, tudo o que se faz na vida tem o dinheiro como meio ou objetivo. Talvez seja este o nosso valor, além de satisfazer a cobiça: servir de instrumento para seja lá o que for.

17

Morganti era um tipo recluso, arredio, que se afastava obsessivamente da presença de parentes. As visitas de irmãos, primos ou sobrinhos sempre acabavam em achaque; afinal, podia ser facilmente considerado um homem rico, tendo em vista a miséria próxima reinante. Morganti possuía patrimônio, senhorio dos barracos que chamava de *residências*. É bem verdade, passava muito dinheiro pelas suas mãos, e isso realmente impressiona as pessoas, que, no mais das vezes, veem em toda a sua vida um punhado de moedas e notas miúdas.

Contudo, ainda que impressione, estar com grande volume de dinheiro não significa ser seu dono. Morganti mexia com grandes somas, sendo aquele que recolhia as moedas jogadas dentro das barulhentas e luminosas máquinas de apostas instaladas em bares e botecos de frequência duvidosa, nada recomendável.

A responsabilidade de Morganti era tanta que, se não circulasse um dia sequer por esses antros obscuros, seus superiores o convocavam para dar explicações, e eles não aceitavam metade da féria, como eventualmente Morganti tinha de aceitar de aluguel. Eu estava na carteira de um homem que cultivava a rigidez como autodefesa e a fidelidade cega como conduta permanente, mas, ele sabia bem, só uma virtude era reconhecida no meio em que circulava — a pontualidade.

É de especular qual seria a razão para alguém colocar uma moeda numa geringonça daquelas. Que interesse haveria em disponibilizar uma máquina de apostas se as chances de premiar não fossem mínimas, ou, para ser mais exato, quase nenhuma? Será que a moeda na fenda da máquina é o preço para sonhar com uma *bolada*? Mas e o sonho, não é livre e de graça? E o apostador, não tem o direito de acreditar no evento a seu favor? Será que essa *bolada* justifica qualquer preço pago por uma possibilidade praticamente nula? E essa possibilidade, existe? E o tal prêmio, resolve mesmo a vida de alguém? Pode não resolver, mas ajuda, dirá um gaiato qualquer, catando no fundo do bolso o níquel da sorte para enfiar na tal fenda.

É verdade, alguém sempre ganha, mas isso porque tem sempre alguém jogando. Se o preço do sonho couber no bolso do apostador, por que não tentar? Definitivamente, para quem administra e organiza, jogo está longe de ser uma questão de sorte.

18

Sou uma nota barata, ou melhor, de valor baixo, reconheço; para mim é difícil entender os homens. Eles nos inventaram e com isso atenderam a uma série de necessidades; nem imagino o mundo sem o dinheiro. Mas esse mesmo ser criativo também inventou diferentes formas de ganhar-nos sem que seja preciso derramar uma gota sequer de suor de trabalho. Uma delas é o jogo.

A sorte é sedutora, rara e está ao alcance apenas de quem nela aposta. Mas a sorte só faz sentido porque existe o azar. O jogo a dinheiro produz o fascínio da riqueza instantânea, um desafio aos números, combinação de cartas de baralho, resultado de partidas de futebol, de corridas de cavalos e outras mil alternativas.

Em matéria de jogo, uma coisa é certa, em qualquer modalidade: para alguém ganhar, muitos perdem. Essa lógica está em cartas, dados, roleta, escrutínio, sorteio de números e todas as formas imagináveis de se apurar um resultado aleatório.

O jogo pode ser uma atividade legal explorada por instituições financeiras privadas ou estatais, um serviço de apostas oferecido em estabelecimentos regularizados, credenciados e geridos por pequenos e médios empresários; mas o jogo também pode ser uma atividade ilegal, uma contravenção; nesse caso, mais gente lucra, porque aqueles que deveriam reprimi-lo fazem vista grossa.

Nesse encontro de eventuais ganhadores e eternos perdedores, o meu caminho enveredou para outro rumo. Das mãos de Morganti fui parar diante de um homem requintado com forte hálito de tabaco. Ao seu redor, uma turma de assessores igualmente impecáveis e dispostos a fazer de tudo para protegê-lo.

O chefe não gostava de ser importunado por ninguém. A placa sobre a mesa do escritório estampava o nome e o cargo no Poder Legislativo; embaixo, com caracteres menores, a sigla do partido. Estávamos ali, diante dele, na forma de maços de dinheiro. Eu me vi espremida numa pilha à parte, amarrada com papel preso por uma fita adesiva com um rótulo em que vinha escrito: Campanha eleitoral.

De um dos celulares soou uma voz aflita.

— Deputado! Atenda, por favor! É muito importante! É caso de vida ou morte!

Um dos engravatados apanhou o aparelho e respondeu prontamente:

— Não é ele que fala, mas é como se fosse...

Nem sempre intermediários substituem a pessoa com quem se precisa falar.

O candidato tinha vários celulares, um para cada assessor e nenhum em seu poder. Adotara essa medida de segurança ao ver o estrago causado na imagem de um ex-colega de bancada que tivera uma ligação interceptada, gravada e reproduzida no telejornal de maior audiência da TV. Recusando-se a falar diretamente nos aparelhos, não dava chance a ninguém para se imiscuir em seus negócios privados, partidários ou de Estado. Assim, preservava a boa reputação de político tarimbado, popular entre o povo sofrido e fiel.

Não raro, discretamente, distribuía junto aos apertos de mão notas de valor baixo como o meu. Agradava muito ao candidato ouvir das pessoas que ele era como um anjo paladino enviado do céu para trazer esperança aos mais necessitados. E, às boas ações do *anjo,* o povo retribuía na forma de votos.

As mãos do político eram de manicure caprichada, sempre disponíveis para charutos e cumprimentos; já as mãos de seus assessores, ao contrário, se mantinham ocupadas nos teclados miúdos dos aparelhos, atendendo chamadas que tratavam de assuntos nem tão republicanos ou angelicais.

Mas uma coisa no candidato era evidente: a coragem, comparável somente com sua ambição. Em campanha por uma cadeira no Congresso Nacional, ele percorria zonas de eleitorado dominadas por rivais. E fique bem claro: a rivalidade a que me refiro se trata do controle das regiões da cidade em que as tais máquinas barulhentas não eram administradas por gente de sua influência direta.

E, assim, o pior aconteceu; nesse caso, o pior para o candidato, não para o eleitorado ou a democracia. Em meio a muitos apertos de mão, pedidos, empurra-empurra, o candidato estava lívido de satisfação com a receptividade de um povo que não era o seu. Fui entregue a uma senhora que se esforçava para se aproximar; parecia querer dizer algo, mas no meio daquela balbúrdia seu desejo se misturou com o da multidão. Ela me recebeu com uma expressão de espanto, incredulidade, mas em seguida de consideração, tendo em vista de onde eu vinha e o meu próximo destino.

Em meio à ovação ao *anjo* na forma de candidato, ouvi um tiro.

No mesmo instante abriu-se um clarão em volta da vítima, que não tinha nada de angelical, sangrava pelo furo aberto na sua camisa branca, bem na altura do peito. As cores da bandeira do partido se condensaram no vermelho da mancha da sua camisa. Caído na rua sem calçamento, ele não iria mais ocupar cargo nenhum. Tudo terminava ali, na solidão do espanto, sem intermediários nem conversas por meio de celulares em viva voz. O candidato ficou estendido sobre a poeira, sem partidários, assessores, sem seu povo, ovações ou votos.

19

Mariana — a senhora que agora era minha nova dona — me segurou firme e tratou de sair logo dali. Ela vira o sujeito disparando a arma e também tinha sido vista por ele. Isso, a rigor, não faria diferença; alguém na multidão que saca uma arma e a dispara não deve estar preocupado em se manter incógnito. Mas, por via das dúvidas, ela resolveu sumir logo dali.

A casa simples tinha poucos móveis e utensílios. Rapidamente fui para dentro de um pote de vidro sobre o armário da cozinha e, dali de cima, vigiei o pouco movimento da casa. Mariana trabalhava como diarista, fazia faxina em residências de gente abastada. Ela ia para um endereço diferente todos os dias. Depois de horas limpando janelas, dando brilho a móveis e objetos, lavando e varrendo o chão, Mariana fazia o trajeto de volta para casa cheirando a produto de limpeza, mas de posse de algumas notas como eu, de valor baixo, recebidas em pagamento. Invariavelmente, iam todas para o pote de vidro sobre o armário da cozinha. Esse pote era seu banco — Mariana depositava e sacava livremente, sem pagar taxas ou impostos. Desse banco, ela não recebia extrato, mas podia ver com os próprios olhos seu saldo a crescer.

Isso se repetia semana após semana, até chegar um determinado dia do mês. Nessa ocasião o pote se esvaziava, e a *conta no banco* zerava. Não éramos muitas notas ali, amontoadas sobre a mesa da cozinha, que nem de longe se parecia com a mesa do candidato. Acontece que ficar dentro de um pote fechado estava ficando meio sufocante, o espaço se reduzia rapidamente. No dia da libertação, fomos retiradas e separadas por nosso valor de face. Depois de contadas e recontadas, entramos num saco plástico e, dali, em uma bolsa. Mais sufoco e escuridão. Quero só ver o dia em que serei jogada ao vento, flutuarei para onde eu bem quiser, serei de quem eu quiser... Eis aí coisas que nem o dinheiro compra.

A viagem demorou um bom tempo. Embarcamos e desembarcamos em vários ônibus, cruzamos a cidade e, finalmente, chegamos ao destino — uma casa grande, cercada por jardins, um lugar bucólico onde moravam vários idosos.

Um deles veio em nossa direção, um senhor de aparência frágil numa cadeira de rodas empurrada por uma enfermeira.

— A sua amiga chegou, seu Armando! — A mulher vestida de branco disse isso numa alegria pouco convincente; pensando melhor, talvez fosse genuína, já que parte do conteúdo do saco de dinheiro, provavelmente, iria para suas mãos.

— Como o senhor tem passado, seu Armando? — Mariana se inclinou para ouvir uma resposta, que, como sempre, não veio.

Foi a enfermeira quem respondeu:

— Cada dia melhor, não é, seu Armando? — O sorriso artificial emoldurado por um rosto que não inspirava confiança.

— Você poderia nos deixar a sós por um momento? — O pedido de Mariana soou firme, como uma ordem.

A enfermeira deu de ombros e saiu contrariada. As ordens eram para não deixar os pacientes sozinhos, principalmente com visitantes e parentes que traziam guloseimas, bolachas e frutas para os velhinhos — isso os acostumava mal.

Mariana sentou-se o mais próximo possível do cadeirante senil e começou a falar sobre os acontecimentos do mês. Armando não mudou de expressão ao saber das atribulações da faxineira, que enfrentava uma rotina massacrante e desumana, limpando a sujeira das famílias e de seus membros cada vez mais hostis. Eles não respeitavam nada, muito menos o trabalho dela. De certa forma, isso se dera também na casa de Armando, nos tempos em que Mariana trabalhara para a sua família.

A expressão vazia de Armando mudou quando Mariana mencionou a visita do candidato, ao dizer seu nome e contar sobre o tiro que ele levara. Armando a olhou fixamente, e uma lágrima verteu sobre a face magra e vincada de rugas.

Mariana tentara se aproximar do candidato para lhe dizer algo que julgava ser importante, uma oportunidade de reconciliação, mas não teve tempo, o tiro foi mais rápido. Não conseguiu dizer que o pai dele, Armando, estava vivo e, se quisesse, poderia levá-lo ao seu encontro. Mariana não contava muito com isso. Presenciara cenas degradantes quando da separação de pai e filho; as sequelas do trauma poderiam estar presentes, mas já se passara muito tempo, bem mais do que o meu hiato dentro da agenda, e o tempo, como se sabe, cura todas as feridas.

O pai jamais perdoou o filho por seguir um caminho obscuro e tortuoso, misturando contravenção, corrupção e o que mais nem conseguiria imaginar. Um tiro mortal apaga muitos rastros.

Mesmo assim, Mariana tentou reunir pai e filho, nem que fosse uma última vez.

Ao saber da morte do filho, Armando baixou a cabeça, a escassa vitalidade se esvaindo na profunda tristeza. Sabia que o fim seria violento, o filho como alvo de bandidos, policiais ou rivais políticos.

Contudo, Armando não desfaleceu nem se revoltou; parou de chorar o pouco que conseguia, provavelmente estivesse fazendo uma prece, silenciosa, pedindo para reencontrar o filho assassinado num outro plano e, de uma vez por todas, resolver o que ficou em aberto.

Ao retornar, a enfermeira não gostou de encontrá-lo deprimido. Visitas normalmente traziam alegria e satisfação aos desolados velhinhos, que nada mais tinham a fazer a não ser esperar o encontro com a morte. O objetivo dela e dos demais naquela casa de repouso era adiar ao máximo esse encontro e, claro, receber as mensalidades em dia. Essa era a medida da dignidade que Mariana podia oferecer a Armando, um homem bom, trabalhador e honesto.

— O que aconteceu, seu Armando? Que tristeza é essa? Vamos lá! Alegria! A vida é pra ser vivida!

Antes de levar o paciente de volta à clausura, a enfermeira lembrou Mariana de que a esperavam na secretaria.

— Já estou indo... Quero ficar aqui mais um pouco, se isso não for um problema.

— Que nada. Problema nenhum. Fique o quanto quiser, mas seu Armando vem comigo.

A enfermeira, embrulhada em seu avental branco, empurrou apressada a cadeira de rodas do desvalido para dentro da casa. Mariana ficou ali por tempo suficiente para trazer à lembrança o momento em que essa situação transformou sua vida e ratificar o pagamento de uma dívida para com aquele velho solitário, abandonado depois de ter sofrido um acidente vascular cerebral. Mariana sabia: a apatia dele tinha origem anterior ao derrame. Devia àquele homem sua casa e sua vida. Apesar de ter sido tão somente seu patrão, e as empregadas sabem como podem ser terríveis os patrões, Armando não hesitou em ajudá-la nos momentos decisivos, como na compra da casa e na doença. Se hoje Mariana podia trabalhar e levar uma vida independente, devia isso a Armando. Enquanto pudesse e ele precisasse, todos os meses Mariana continuaria a encher o vidro e atravessaria a cidade para trazer o saco de dinheiro àquela casa de repouso.

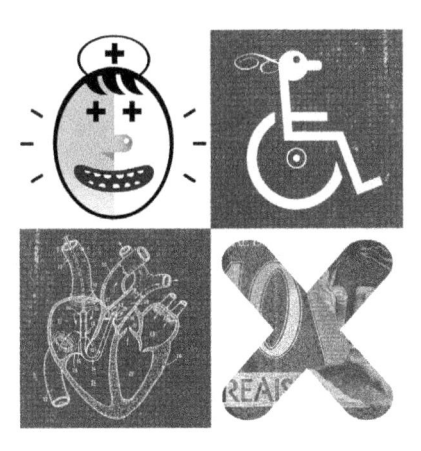

20

Mariana não demorou na secretaria. O conteúdo do saco foi trocado por um recibo, e, assim, eu a vi partir. Não descansei nada naquela casa de repouso. Em seguida, fui para as mãos de um menino que me trocou por uma passagem e algumas moedas. Ele tinha vários pagamentos e compras a fazer na cidade.

Mais uma vez servi de troco para uma nota graúda que o cobrador não gostou muito de receber. As notas de maior valor nem sempre são bem-vindas. Gostando ou não, o cobrador tinha de receber a passagem, do contrário, no final do dia, a diferença seria coberta com o dinheiro que estivesse em seu bolso ou viria descontada no salário.

O sujeito que me pegou no ônibus bem poderia simplesmente se chamar Jorge, mas não, o garboso com pinta de galã atendia por George. Sem saber que era visto, George nos pegou com avidez, notas de igual e menor valor que o meu e algumas moedas. Ele nos colocou com cuidado no compartimento de uma niqueleira. Dessa vez sim, era couro legítimo.

George estava exultante, tinha hora marcada no alfaiate; em alguns dias se casaria com a garota mais linda e rica que já conhecera. Dono de forte apelo pessoal, alto, bonito, cabeleira farta e bem penteada, George cultivava hábitos requintados e se apresentava como único herdeiro de uma família tradicional, se dizendo o remanescente dos pioneiros da indústria da tecelagem que alcançara o apogeu décadas atrás. Mas essa é apenas uma forma mais branda de dizer *decadência,* diante da concorrência desigual com os produtos estrangeiros, principalmente os oriundos da indústria asiática.

Isso é da minha natureza — as questões monetárias me interessam. No comércio internacional, a paridade entre as moedas define quem vence a disputa pelos mercados. O consumidor é o mesmo em qualquer parte do mundo, quer pagar menos por produtos de melhor qualidade, independentemente se produzidos no próprio país ou em terra remota. Comércio internacional é troca de dinheiro na forma de compra e venda de serviços e mercadorias. O valor de uma moeda pode ser estabelecido artificialmente, e esse desequilíbrio causa danos à indústria do país de destino dos produtos. Outros fatores também influem no desequilíbrio, como a mão de obra subvalorizada — produtos fabricados não por trabalhadores remunerados dignamente, mas por semiescravos obrigados a viver nas piores condições. Com tamanho desequilíbrio, em nada surpreendem as agruras de George atrás de um bom dote para salvar seu estilo de vida.

Herdar é uma forma de ganhar dinheiro que só alguns afortunados podem experimentar. Não é uma questão estritamente genética, mas é fato que na maioria das vezes apenas parentes consanguíneos são lembrados na hora da partilha.

Essa é uma forma de tomar posse legalmente, e de direito, daquilo que outra pessoa levou a vida para conquistar. Não raras vezes, a riqueza é desperdiçada pelas gerações subsequentes, que não derramaram uma gota sequer de suor no trabalho. Quanto maior a fortuna transmitida, maior o desperdício. É evidente que em toda regra há exceções, mas isso se aplica a quase todas as famílias. Costuma ser assim: antepassados pobres e empreendedores; descendentes ricos, preguiçosos e perdulários.

George não era mais rico e nunca foi trabalhador como um Jorge qualquer, por isso não podia ser perdulário. Era apenas uma figura de estirpe, interessada em hábitos cultivados em tempos de bonança. Ocorre que dívidas também são herdadas, e, no caso de não serem saldadas, os sucessores sofrem as consequências. E George as sofria na carne como um Jorge qualquer, tendo gasto o último centavo da parca herança recebida recentemente e parte substancial de seu próprio patrimônio quitando dívidas que nem eram dele. O casamento, nesse cenário incerto, vinha em boa hora, ou ele teria que encontrar urgentemente um modo de se sustentar e virar pelo menos um Jorge qualquer. Para continuar a ser George, faria qualquer coisa, e casar-se com uma garota linda e rica não lhe parecia ser sacrifício nenhum. George estava gostando da menina como um Jorge qualquer, apaixonado.

Sendo sua família do ramo têxtil se poderia esperar que George mostrasse algum conhecimento sobre tecidos. Mas nesse universo de fibras e padronagens sua especialidade era tão somente a de reconhecer um corte exímio, um acabamento perfeito, as linhas sóbrias do vestuário sofisticado e de bom gosto. Isso lhe parecia suficiente para considerar-se uma espécie de expert. O que entendia sobre tecidos não media um milímetro diante da metragem do alfaiate em modelagem e caimento.

George fazia o tipo jovial; mesmo passando um pouco da idade, se dedicava aos esportes — golfe, tênis, esgrima; em outros tempos, equitação. Acreditava que essas modalidades que mantinham os competidores a distância uns dos outros eram as mais recomendáveis, embora seu interesse fosse justamente o oposto, aproximar-se o mais possível de gente rica e abonada. Em zonas opulentas como essas, se encontram as *pérolas raras* que caçadores como George procuram — donzelas lindas, na flor da idade, herdeiras de enormes riquezas e não de dívidas.

Essa, digamos, contingência de momento, essa premência de George em encontrar novas fontes de financiamento para sua boa vida, explica o inusitado lugar em que nos encontramos — num ônibus —, onde, em certos horários, pessoas são levadas quase umas sobre as outras. Explica, também, a escolha pelo rigor do alfaiate, que o faria gastar o equivalente a um guarda-roupa em apenas um traje.

O dote da consorte deveria compensar tanto esforço.

George entrou no ateliê do alfaiate na hora marcada.

— Prazer em vê-lo, senhor! — A recepcionista levou George até a antessala. Ali poderia lhe oferecer café, água, biscoitos, mordomias que, ao contrário da casa anterior em que estive, a casa de repouso, eram justamente para acostumar bem os clientes: tudo estava incluído no preço bem alinhavado do feitio e do impecável acabamento.

George aceitou os regalos com satisfação. Gostava de ser paparicado, costume de família que via nisso uma forma adequada de reconhecimento à sua tradição e importância na sociedade.

— Ficou ótimo, senhor! Esse traje o veste como uma luva. Está perfeito! — O alfaiate disse isso num ar enfadado, acostumado a dar e receber elogios.

Depois de alguns arremates, fios soltos devidamente eliminados por uma escova de pelos macios, o terno preto de casamento foi envolvido em papel de seda branco e acondicionado numa caixa de papelão, onde se podia ver o emblema rebuscado da alfaiataria.

— Como o senhor prefere pagar?

George não abriu a niqueleira, na qual eu estava acompanhada de uns trocados miúdos. Nem muitas de nós pagariam um botão daquele traje caríssimo.

— O senhor aceita cartão de crédito? — George se manteve frio, impassível. Eu nem precisava ver isso, sabia que ele não contrairia nenhum músculo da face, manteria a expressão neutra dos que estão acostumados a pagar contas graúdas usando *dinheiro de plástico*.

Nesse momento, George me tirou da niqueleira. Isso tudo se deu diante de mim porque eu estava reservada para servir de gorjeta. Para esse tipo de recompensa, cédulas têm preferência.

Não deu outra, aquele estabelecimento tinha sido escolhido a dedo por George, que mostrava determinação em não ser um Jorge qualquer. O alfaiate não titubeou, pegou o pedaço de plástico estampado de suas mãos e, prontamente, o inseriu numa máquina em que uma folha de papel era posta em cima do cartão e um rolo o pressionava sobre a base, imprimindo o recibo que George tinha de assinar para ter valor.

Como não podia deixar de ser — e conhecendo minha natureza —, me interessei pela novidade, pois a concorrência está cada vez mais acirrada no meio circulante.

O alfaiate estranhou meu valor baixo, ainda mais vindo de um cliente com aquele sobrenome tradicional no restrito mundo da tecelagem.

— Ora, por favor, Sr. George, eu deveria fazer o serviço de graça, tendo em vista o que a sua família fez pelo nosso negócio. — O alfaiate esboçou uma recusa, mas não quis constranger seu célebre cliente e me aceitou rapidamente.

George até levou a proposta em consideração, mas não sentiu muita convicção na oferta. Afinal, o alfaiate dissera que *deveria* e não que *iria* fazer o serviço de graça. Por outro lado, George não queria que soubessem que o terno de casamento era cortesia de uma alfaiataria, por mais conceituada e cara que fosse. Essas coisas sempre acabam vazando.

— Isso não é necessário — respondeu George com um tom pomposo, institucional, bem *George* mesmo. — Nossa contribuição já foi recompensada muitas vezes. — No que ele tinha inteira razão: fortunas foram jogadas fora, e indústrias outrora prósperas, repletas de trabalhadores, sumiram num piscar de olhos.

Assim, vi George sair da alfaiataria com seu traje de casamento dentro de uma embalagem bonita. Dias depois se soube que nem o casamento se realizaria nem a tal fatura do cartão de crédito seria saldada; provavelmente, uma coisa levou a outra. George fora visto num ônibus, e, como a reputação de rico era base da relação com sua bela noiva, foram levantadas suspeitas. Sem muito esforço, a família da moça descobriu que George esperava resolver a vida casando com a pérola mais cobiçada do momento, a filha de um rico e cada dia mais próspero empresário.

Um pai irado é um obstáculo que não se deve desprezar. Nesse embate sobre quem resolve a vida de quem, foi o alfaiate quem saiu perdendo, porque seu requintado cliente, dali em diante, não seria nem um Jorge qualquer, mas sim um estelionatário dono de uma enorme coleção de cartões de crédito roubados. George não foi mais visto por aquelas bandas, ao contrário dos tecidos importados que invadiram de vez as alfaiatarias.

Dinheiro de plástico também é uma invenção humana e, a julgar pelo crescente número de estabelecimentos que o aceita, é uma ideia que veio para ficar, apesar desses pequenos percalços iniciais. Em certos lugares, pior do que arranjar trocado para notas graúdas é não receber as faturas.

21

Eu era, afinal, tudo o que o alfaiate havia ganho por acreditar na conversa de um janota empertigado sem ter onde cair morto. Realmente eu não lhe trazia boas lembranças. Para uma pessoa é simples. É só sumir com aquilo que traz más recordações e tocar a vida adiante como se nada tivesse acontecido. Esse não era o primeiro terno *de graça* daquela alfaiataria, mas, provavelmente, seria o último.

O alfaiate se convencera de que estava na hora de providenciar uma maquininha para receber pagamentos com cartões de crédito de maneira mais cômoda e segura, uma dessas ligadas à eletricidade e ao telefone, que imprimem o comprovante e fazem o lançamento da operação automaticamente na conta do cliente. A promessa é de um mundo novo para o meio circulante.

Pode ser, embora fique mais fácil de a pessoa se descontrolar e gastar mais do que pode, e aí, é dívida sobre dívida, juro sobre juro. Quem gasta somente o dinheiro que tem na mão não se perde nas contas, e, além de tudo, gorjetas continuarão a ser pagas em moeda corrente. O mundo poderá até ser novo, sim, mas certas coisas permanecerão iguais, como as dívidas que devem ser pagas de um jeito ou de outro, ou então a pessoa poderá ter seus bens confiscados. Perder um bem pode ser doloroso, como o conversível prata de Ferdinando, mas nada será mais caro do que não ter a filha de volta ao lar.

Alfaiate, camareira, cozinheiro, motorista, não há profissional que rejeite um agrado. Com muito ou pouco dinheiro, ao sentir-se bem, o cliente tende a premiar quem o satisfaz, mesmo que isso esteja no âmbito das atribuições de quem presta o serviço. Se o resultado do trabalho é caprichado e agrada, o cliente reconhece e recompensa. Ao ser tratado com distinção, esse reconhecimento costuma acompanhar aquilo que nenhum profissional rejeita: dinheiro em espécie, uma quantia indeterminada esperada como um pagamento extra. Esse ato é consumado muitas vezes de forma discreta, invisível ao olhar distraído. A gorjeta sempre é agradecida, às vezes com um simples aceno, em outras com um olhar diagonal enquanto são dados os últimos retoques, mesuras e reverências.

A alfaiataria não sofreu muito com o prejuízo. O tempo também é reparador de danos. Outros clientes entraram pela porta da frente, a mesma que esteve aberta para o requintado George. Dessa vez, tratava-se de um senhor com dinheiro para pagar pelo elogiado serviço do estabelecimento — credibilidade é um patrimônio intangível que nenhum aproveitador é capaz de dilapidar. Gregório, o cliente em questão, tinha dinheiro no bolso e fazia questão do troco.

— O senhor não tem dinheiro trocado? — Gregório ouviu do alfaiate sem ter como ajudá-lo. — Não tem problema, essa nota de dez é cortesia da casa. Quem sabe, ela pode ser a sua nota da sorte?

E, assim, fui empurrada para um senhor de gestos contidos, calvo, com as laterais grisalhas como neve numa paisagem de inverno. Gregório me dobrou em duas partes, alisou as minhas pontas de forma carinhosa e me prendeu num clipe de metal com outras notas; isso me passou uma sensação de segurança que havia muito tempo não sentia.

O ex-tesoureiro de uma importante instituição financeira vivia o outono de sua vida. Viúvo, sem filhos, sua existência se resumia ao joguinho de cartas semanal com os amigos que, como ele, sobreviveram às estações; e a companhia eventual de um gato vira-latas que o procurava quando tinha fome e frio. O bichano entrava na casa como se fosse o dono e miava alto, reclamando do prato vazio. Gregório não poderia ter dado a ele nome melhor: Belarmiro, o mesmo nome do diretor financeiro do banco, um demônio exigente; quando queria um relatório da tesouraria, tinha de ser na mesma hora. Belarmiro dava aquelas incertas para conferir se as finanças do banco estavam organizadas e sob controle. Se o relatório demorasse mais do que uma hora, seria sinal de confusão, descontrole e prejuízo, o abominável fantasma de qualquer instituição financeira. Belarmiro chamava esse estado de terror contínuo de *administração de alta voltagem*. Parte dos problemas de saúde de Gregório podia muito bem ser creditada a essa *modalidade* de gestão.

Há alguns meses, Belarmiro, em sinal de consideração e estima ao ex-subordinado exemplar, lhe dera um computador. Gregório o recebeu por ser disciplinado e respeitar a hierarquia, se bem que isso, agora, depois de aposentado, não fazia mais o menor sentido. Aceitou o presente por ato reflexo, sem prestar atenção nem pensar muito bem no que fazia. Tanto é verdade que o tal presente permaneceu na caixa por um bom tempo, até que, num dia especialmente tedioso, Gregório resolveu ligar a geringonça.

Isso não foi difícil, nem mesmo executar as funções básicas. Gregório descobriu logo a utilidade daquela máquina temida por muitos, principalmente os de sua geração: comunicação. Era isso que o computador fazia de mais interessante, além de planilhas de cálculo num estalar de dedos e textos com correção ortográfica como num passe de mágica. Gregório pensou em como aquilo seria útil na tesouraria do banco. Mas isso, também, já não fazia nenhuma diferença.

Gregório havia descoberto a rede mundial de computadores: a internet. Após clicar no ícone de conexão, ele ouviu o ruído parecido com o do fax, o som de uma rádio malsintonizada que dizia: *greegroogrioo*. Ao ouvir isso pela primeira vez, arrepiou-se de cima a baixo, depois se acostumou. Gregório aprendeu rapidamente a navegar e descobriu as salas de bate-papo. Assim, conversa vai, conversa vem, o carteado com os amigos ficou esquecido, e foi investido tempo e dinheiro no seu visual. As laterais da calva ganharam um tom primaveril e, assim como a alfaiataria, faziam parte do roteiro da transformação.

Gregório estava no outono de sua vida, mas o voo da folha seca que se desprende da grande árvore pode ser mais longo do que o esperado, pode ser carregado de emoções e durar o resto da vida. Fora essa sensação maravilhosa de liberdade que Gregório relutantemente experimentara, sucumbindo ao fato inquestionável: apesar de por fora os cabelos rarearem e embranquecerem, um jovem morava naquele invólucro septuagenário ou quase octogenário. Havia um menino em seu interior que desejava conversar, trocar impressões profundas sobre coisas superficiais, tratar de banalidades, coisas que não mudam efetivamente o rumo da vida de ninguém, mas que rendem horas de boa conversa e risadas.

Esse era o estado de espírito que percebi nele ao terminar de vestir o traje recém-chegado da alfaiataria, ao espalhar duas gotas de colônia no pescoço e partir para um dos restaurantes mais requintados da cidade.

Gregório, o ex-tesoureiro, tinha noção do montante a ser desembolsado ao final daquela noite, e o faria de bom grado em troca da garantia de tudo correr bem, com as velas permanecendo acesas durante a sobremesa, assim como o interesse de sua convidada.

Gregório confirmara hora e local pela terceira vez. Não queria nenhum desencontro, nenhuma atribulação. Por mais intensa que possa ser a troca de mensagens numa sala de bate-papo, o encontro físico continua a ser o que define a continuidade da relação. Por mais forte que seja a presença de alguém na troca de caracteres de uma tela, mesmo com som e imagem, nada substitui o contato físico — imagem tridimensional, reprodução holográfica, terceira dimensão, seja lá a ilusão óptica que se crie, nada será capaz de substituir a experiência real de um toque de pele. Podem inventar o dinheiro de plástico, trazer de uma vez esse mundo novo de facilidades, mas o prazer da experiência real de contar o dinheiro e receber o troco, essa forma tangível de medir o valor das coisas, continuará a existir. No campo afetivo dá-se o mesmo: as pessoas querem abraçar, sentir o cheiro, beijar a outra pessoa, e não interagir com um simulacro de feixes de luz. É o mesmo que pagar contas com dinheiro de plástico, falta romantismo.

Para o bem do mundo, certas coisas não deveriam mudar.

Os minutos se passaram, e percebi a ansiedade de Gregório crescer. O tal invólucro de mais de setenta anos tinha a inquietação e excitação de um adolescente. Gregório tentou afastar da mente as ocasiões em que essa mesma sensação terminou em decepção, aquelas em que ousou e acabou sendo punido por ultrapassar os limites traçados pela racionalidade de uma perspectiva realista, por desejar algo além de seu alcance, fora do orçamento.

Gregório se achou repugnante, incrivelmente idiota na imagem refletida pela colher polida da guarnição do restaurante de alto padrão. Não via sentido em tremer como uma vara verde. Estava ali, empertigado, esperando a chegada de uma desconhecida, sem rosto ou voz, alguém que era apenas um amontoado de caracteres digitados apressadamente, que bem podia simplesmente digitar aquilo que quisesse. Muitos sabem escrever e dizer as palavras que os outros desejam ler e ouvir, mas necessariamente não são palavras sinceras, vindas do coração.

Tal como o dinheiro, a mentira também é uma invenção humana.

Gregório teve um pensamento lúgubre; talvez *ela*, a mulher que esperava encontrar, nem existisse. Aquilo bem podia ser um trote, uma brincadeira de adolescentes se aproveitando de um velho aterrorizado com a possibilidade de ser encontrado em casa dias depois de falecido. Isso já acontecera com vários de sua geração; com os avanços da medicina, eles levavam o desfecho para mais e mais adiante. Ainda assim, numa hora ou outra, o inevitável vem e invariavelmente o pega sozinho, desprevenido, desamparado. Gregório refletiu sobre sua imagem distorcida na colher e se perguntou: "Por que haveria de ser diferente comigo?".

Decisões sobre vida e morte são irrecorríveis. Não há como voltar atrás, e uma forma efetiva de morrer é se recusar a viver; assim como ocorre justamente o contrário — se recusar a morrer é uma forma de viver. De qualquer jeito, viver é atitude no presente; são as escolhas de cada um, e a de Gregório não poderia ter sido pior. Ele me deixou sobre a mesa como uma forma de ressarcimento ao pessoal do restaurante — a mesa reservada não teria consumação. Assim, Gregório assumia parte do prejuízo.

Foi um voo curto, a folha de outono pousou no chão.

O maître achou que Gregório havia ido ao toalete. Na verdade, tinha ido embora com seu moral devastado, resgatando mentalmente a agenda dos amigos para combinar um carteado, um modo menos desesperador de passar o tempo antes do inevitável *desfecho*.

Como no voo da folha seca, uma corrente de vento me levantou, e ninguém percebeu meu pouso debaixo da mesa ao lado. Meu ângulo de visão não era dos melhores, e a distância prejudicava a audição. O maître apareceu diante da mesa de Gregório; vinha acompanhado de um par de tornozelos, certamente torneados pelo maior escultor de que já se teve notícia. Ele lamentava não saber informar o que acontecera com o senhor que estava havia pouco sentado ali. Apesar de reservada, a mesa permaneceu desocupada.

22

O par de lindos tornozelos partiu apressado do restaurante. Com um pouco de sorte encontraria Gregório nas imediações. Era cedo, àquela hora ainda seria possível encontrar um septuagenário elegante e perfumado, andando pela rua, fugindo de uma aventura amorosa, de um derradeiro sopro de vida.

O maître retornou em seguida, trouxe um casal com uma criança e os acomodou nas cadeiras a minha volta. As pequeninas pernas balançavam no ar enquanto os pés do casal se mexiam inquietos e ruidosos no assoalho. O garçom anotou o pedido e se foi. Voltou em minutos com os petiscos da entrada. Mesmo com o vai e vem de sapatos que tamborilavam perigosamente próximos de mim, notei o cadarço do tênis desamarrado.

A criança se abaixou. Era um menino. Ele me olhou e me pegou imediatamente do chão. Fui guardada no bolso traseiro de sua calça jeans.

— O que você viu aí no chão, Pedro? — Thelma, sua mãe, o examinou com o olhar zeloso de todas as mães.

— Nada, não... Meu tênis desatou — respondeu Pedro com um ar inocente.

Eu estava acostumada a pertencer a adultos, conhecera muitos até ali, e, que eu me lembre, nenhum era inocente, todos tinham uma história mal contada.

O garçom trouxe a comida. Casal e filho comeram em silêncio. A tensão entre eles era tão concreta quanto a guarnição requintada da mesa.

Depois de limpar delicadamente os lábios com o guardanapo branco, Miguel, o pai, tomou a palavra.

— Filho, sua mãe e eu temos uma coisa para lhe dizer. — Ele o fez com um ar solene.

— *Você* tem alguma coisa para dizer, não eu... — Thelma o corrigiu asperamente.

A comida farta não saciou a fome *de* família naquela mesa. A tal conversa teria de começar de algum lugar. Miguel tentou do início.

— Está bem, *eu* tenho algo a dizer a você, Pedro. — Um sorriso protocolar escondendo leve constrangimento.

O menino se ajeitou na cadeira de modo a dar toda a atenção requerida.

— Sei o que vai me dizer, papai...

Thelma escarneceu:

— Até a criança sabe...

— Por favor! Se não vai ajudar, não atrapalhe, sim?

— Eu, agora, *atrapalho*... Não se atrapalhou com aquela *biscateira*...

— O que é biscateira, mamãe?

— Não é nada, filho, sua mãe está nervosa, é só isso. — Miguel interveio por um mínimo de serenidade.

Nesse instante providencial reapareceu o maître.

— Está tudo bem com o jantar, Sr. Miguel? Dona Thelma? — disse ele, mostrando, com um olhar oblíquo e bastante indicativo, o salão lotado. Os ânimos serenaram assim que cruzaram olhares com clientes em mesas próximas; perceberam o espetáculo deplorável que proporcionavam. Pediram desculpas, asseguraram que estava tudo ótimo e agradeceram a atenção. O maître desapareceu outra vez.

— Bem, como eu estava dizendo a você, Pedro... — Miguel retomou o discurso ensaiado, agora uma nota mais grave: — Papai vai viajar *a trabalho* por uns tempos.

Thelma manteve a discrição, mas não tapou o sol com a peneira, falou a verdade para o menino. Toda a dor de uma vez, se não mata, passa logo.

— O quê? Viagem a trabalho? Essa é boa... Filho, seu pai está *indo embora*! — A entonação era para enfatizar o caráter desprezível e a gravidade contida naquela fuga. — Pedro, meu filho, simplesmente *ele* está nos deixando, *é isso*!

Thelma fazia questão de dizer *ele* e não *seu pai*. Com isso, cortava o vínculo, qualquer um que ainda houvesse entre eles.

Miguel reagiu de imediato, mas o estrago estava feito.

— O quê? — Olhou indignado para Thelma e virou-se para Pedro com o ar mais convincente possível: — Não *é isso* coisa nenhuma, nunca vou deixar você, filho!

Thelma percebeu seu embaraço e seguiu na toada, se fazendo de vítima numa história batida de traição e injúria.

— *Ele* diz que não vai abandonar você, filho. É, pode ser que não. Mas sua mãe...

Thelma revirou os olhos como uma madona abandonada. Miguel não se deixou abater.

— É fácil me colocar na posição de vilão, mas *você* me levou a isso.

Thelma trouxe o olhar de volta para a mesa, mantendo a carga de ironia.

— Claro, eu joguei você nos braços daquela *piranha*! Coitadinho, tenho tanta pena de você, tão inocente, tão ingênuo...

— Mamãe, *piranha*, o peixe?

— Não, filho, peixe coisa nenhuma! — respondeu ela num tom exasperado, não se importando mais com os olhares de reprovação a sua volta.

Miguel retomou o ataque, muitas vezes a melhor defesa. O tom grave não amenizou o agudo rancor em suas palavras.

— A culpa é sua, sim. Sempre autoritária, ninguém aguenta. Pergunte aos seus colegas do escritório. Nem amigas você tem! Quem já viu uma mulher que não tem amigas?!

Thelma levantou o nariz, retraiu os ombros, montou uma postura de quem não se importa com o que está ouvindo, mas dando toda a importância do mundo. Manteve a indignação de uma pessoa superior. Ela não se deixaria levar por uma provocação qualquer, ainda mais uma hipótese ridícula como aquela — rejeitada afetiva, social e profissionalmente. Mas, pensando bem, será mesmo?

Thelma respondeu a essa e a outras questões expostas naquela indigesta discussão.

— Isso não tem nenhuma importância. Tudo bem que não gostem de mim, o patrão me adora. Não estou lá para ser miss simpatia, muito menos para ser querida por subalternos. Fui promovida a gerente para manter os preguiçosos trabalhando, só assim eles recebem salário. Aliás, nesse dia, o dia do pagamento, todo mundo fica feliz. E assim vai continuar. Quanto mais eles gemem, mais o patrão fica satisfeito.

Thelma continuou firme.

— E, quanto às amigas, você tem razão, sou sim, a única mulher sem amigas. A minha nave está para aterrissar, e, então, poderei ir para o meu planeta. Enquanto isso, todos terão de me aguentar, assim, desse *jeitinho* mesmo.

— Posso ir com você pro seu planeta, mamãe?

Não era só o patrão a gostar de Thelma, Pedro deixava isso bem claro. Ela o afagou, sentindo-se vitoriosa por sua manifestação, sua preferência explícita, ciúmes de toda mãe do planeta.

Miguel assimilou o golpe e voltou ao combate.

— Sim, aquela gente precisa do emprego, eles têm de suportá-la, você e essas suas botas opressoras de capataz, mas pra mim, chega!

— Chega, é? — Thelma manteve a fleuma. — Depois de se servir bem dessas *botas opressoras*, agora quer descartá-las, jogá-las no lixo. Pois, saiba, sou *eu* que não quero mais você. Na minha casa você não põe mais os pés. Ouviu bem, *Miguel*? — Concedeu chamá-lo pelo nome uma última vez, para não haver chance de errar o endereço da mensagem.

Em meio à contenda chegou a sobremesa. Pedro mergulhou a colher na montanha de sorvete à sua frente. O jantar tinha pelo menos isso de bom, a sobremesa, e ele não a perderia por nada nesse mundo, ainda mais com viagem marcada para outro planeta.

Miguel se voltou novamente para o menino, que encaminhava à boca uma colher bem cheia da delícia gelada.

— Pedro, como você está vendo, papai e mamãe não estão num bom momento. Você entende o que eu digo?

— Sim — sibilou Pedro com a língua amortecida, abaixo de zero.

Na realidade, Pedro não entenderia é se o pai estivesse dizendo o contrário, que o momento era bom e eles, os três, viveriam juntos, felizes para sempre, como nas histórias que lhe contavam para dormir. Na sua curta existência, não se lembrava de uma semana sequer de paz e harmonia naquela família.

Miguel aproveitou a boca cheia do menino para seguir com suas explicações e lançar promessas como sorvete derretido, um líquido sem consistência.

— Nos veremos toda semana! — disse num ar de seriedade digno de um canastrão. — Ficaremos juntos toda vez que *você* quiser, filho! — A última expectativa de Pedro era a de que um dia *o pai* viesse a querer ficar com ele.

— Está bem, por mim, tudo certo. — Pedro deu de ombros, honestamente sem convicção.

— Espere aí... — Thelma interrompeu aqueles acertos fáceis que estavam indo além do que planejara. — Tudo bem que você leve Pedro pra passear, concordo que a figura paterna seja necessária na formação dos meninos e todo esse *blá--blá-blá* machista, mas que fique bem claro aqui e agora: *meu* filho dorme na *minha* casa, ouviu bem, *Miguel*? — Ele ouvia e aceitava tudo. — Não abro mão disso. Meu filho não vai conviver com nenhuma *desclassificada*.

— Mãe, o que é *desclassificada*?

Miguel suspirou desalentado, sabia que aquilo não passava de uma cena de ciúmes — para uma mulher, saber da existência de outra na vida do marido é doloroso, mas a figura de uma *mãe* substituta, isso era inaceitável.

— Resolvemos isso depois...

— Depois uma ova! Pedro é *meu* filho... — Thelma disse passando o braço sobre os ombros dele, como se esse gesto garantisse a posse do menino.

Contrariamente a todas as expectativas, os ânimos serenaram. Depois dessa questão ligada aos privilégios da maternidade acima de tudo — também no relativo a determinar quem decide e obedece, isso posto claramente —, não restou muito mais a ser discutido. O sorvete não consumido derreteria em segundos, e a língua de Pedro retomaria os saudáveis trinta e sete graus acima de zero.

A conta veio numa requintada pastinha de couro. Miguel puxou o talão de cheques, escreveu nele o valor da despesa numericamente e por extenso, pôs a data e assinou. Thelma chamou o maître, desculpou-se pelo transtorno da discussão e agradeceu pela presteza. Com seu jeito independente e autoritário, no que Miguel tinha inteira razão em suas reclamações, pediu um táxi para ela e Pedro, que ficou sem saber ao certo o significado de *biscateira* e *desclassificada*, já que tinha certeza de que piranha era peixe. De todo modo, ficou com uma noção bem aproximada, considerando os detalhes que ouviu no trajeto até sua casa sobre uma completa desconhecida, colega de trabalho de seu pai.

Miguel, por sua vez, aproveitou a solidão da mesa, sorveu calmamente o conteúdo da última taça, conjecturando se encontraria a *biscateira desclassificada* em casa àquela hora e se haveria em sua cama lugar para mais um.

Pedro tinha fundadas razões para achar que seria esquecido.

23

Eu também fui esquecida dentro do bolso da calça pendurada no chapeleiro do quarto. De nada adiantou mostrar minhas pontas, fui deixada de lado. Dessa vez, não dentro de uma agenda, mas do mesmo jeito; sem nada de interessante para fazer, novamente fiquei sem cumprir função.

O dia da limpeza tornou-se medida de tempo; infalível, toda semana ele chegava. Há anos, a corpulenta Maria fazia o serviço na casa de Thelma. Naquele dia, uma chuvarada inundou a escola de sua filha, Manoela, que teve de acompanhá-la no serviço.

Manoela, a exemplo de Pedro, tinha pouco mais do que meia dúzia de anos, se tanto. Eles viviam em mundos bem diferentes. No dela, uma nota de dez não passaria despercebida. No de Pedro, a escola jamais inundaria por causa de uma chuvinha à toa. Eu podia até ser notada e recolhida, como efetivamente aconteceu. Na casa onde Maria ganhava seu sustento e o de Manoela, havia abundância de trabalho e, mais ainda, de dinheiro. Pedro podia muito bem esquecer-se de mim no bolso de um jeans; ele vestia o uniforme a semana inteira.

Manoela passou a vir com Maria outras vezes; em nenhuma delas se encontrara com Pedro, sempre cheio de compromissos. Aqui, dois acontecimentos são dignos de nota: Manoela me viu — a essa altura eu estava quase metade para fora do bolso — e Pedro, encoberto pela cortina da janela, observava a mim e a Manoela.

Era como pegar a raposa dentro do galinheiro.

Primeiro foi o susto, depois o constrangimento. Manoela estava a ponto de fazer como Pedro no restaurante, mas pegar-me daquele bolso seria uma tragédia para sua mãe, a empregada até então de confiança da casa. Maria não era só corpulenta; também era honesta, caprichosa e severa, sendo essa sua principal virtude.

Esse sentimento um pouco exagerado de Manoela vinha de uma verdade absoluta aprendida na prática — não é apenas o serviço de limpeza que é remunerado por quem o contrata; boa parte é confiança, valiosa e intangível como a boa reputação de um alfaiate. Um motorista de táxi, por exemplo, não vende somente a boa condução do veículo; o passageiro compra confiança na forma de pontualidade, no melhor trajeto, o mais rápido, seguro e assim por diante.

No acerto entre cliente e fornecedor estão embutidos diversos aspectos. Basta que se quebre o elo de confiança para tudo ser desfeito ou nunca mais se repetir. Maria, mesmo sendo caprichosa, não encontraria trabalho. Por mais que o alfaiate se esmere ou o motorista conheça os atalhos, sem confiança, cliente e fornecedor de serviços se afastam como polos magnéticos iguais.

Manoela viu a enrascada em que se metera. A fuga era a única saída possível. Pedro já vira isso antes.

— Você não pensou que eu... — Ela tentou se defender atrás de um ar de indignação até certo ponto convincente, mas a situação ainda parecia perdida.

— Foi a nota que me achou, ela não é minha. — Pedro se referia a mim de um jeito maduro, bem diferente daquele menino do restaurante.

A relação com o dinheiro representa bem o grau de maturidade das pessoas. As infantis me consideram tão somente pela capacidade de comprar, de consumir por impulso; dando vazão aos seus desejos reprimidos, alimentam a criança carente que jamais cresce. Do lado oposto dessa escala de maturidade estão os adultos desde a infância, os que me veem apenas pela condição de ganhar-me. Estes só pensam em investir, aplicar, fazer render, multiplicar-me sempre, mais e mais, são incansáveis nisso. Para esse segundo grupo de pessoas, acumular é viver.

O mundo de Manoela era bem pragmático. Nele, as escolas inundavam.

— Se está no seu bolso, é sua... — retorquiu ela categórica.

Pedro mostrou sua posição na escala de maturidade.

— Não... A nota não é minha porque não fiz nada para ganhá-la, é isso.

— Ela continua no seu bolso. Então, é sua...

Manoela pegou a calça onde eu estava para dobrar e guardar no armário. Essa era a sua tarefa, e Maria verificaria logo se estava benfeita.

— Se você me der uma boa razão, ela pode ir para o *seu* bolso.

— Minha avó seria uma boa razão pra você? Ela não consegue mais andar de ônibus, precisa ir de táxi ao médico. Sabe quanto custa uma viagem da minha casa até o posto de saúde mais próximo? Uma nota como esta ajudaria muito. É uma boa razão? Menino mimado!

Manoela jogou a calça para Pedro num gesto teatral.

— Quer saber? Guarde você mesmo a *sua* roupa no *seu* armário, e faça direito, porque Maria vem aí conferir.

Disse isso, deu as costas e saiu do quarto — era uma fuga, Pedro percebeu na hora. Mas foi o suficiente para causar um estrago em seu rastro, um estrago consciente. Será mesmo que o mundo se resume a isso? Segundo uma lógica absoluta, inquestionável, cartesiana, preto no branco, ou seja, entre os que têm e os que não têm *dinheiro*? Entre quem vende e compra? É mesmo possível comprar confiança na forma de serviços de limpeza? No feitio de um terno? Numa corrida de táxi?

E por que não me pegavam logo de uma vez? Eu, ali, metade dentro, metade fora do bolso e da história. "Ei! Alô! Estou aqui!"

Ninguém queria saber de mim, nem Maria com suas mãos calejadas cor de café torrado que vieram e me acomodaram ainda mais no fundo do bolso da calça de Pedro. Ela nem me viu direito, me confundiu com um mero pedaço de papel e nos dobrou, eu e o jeans, para cabermos no armário.

Como se vê, o conceito de capricho é bem relativo, o certo seria Maria esvaziar os bolsos e dar destino para tudo que encontrasse — de preferência, moedas e cédulas.

Passaram-se dias e noites. Aos poucos, o lugar foi se enchendo de roupas. As semanas se misturaram aos meses, alguns sombrios, frios, outros claros e sufocantes. Nesse vai e vem de nuvens, sóis e luas, pude ouvir conversas de Thelma e Pedro. Não foram muitas, começavam sempre com longos discursos para terminar em lágrimas e abraços. Não era Pedro que chorava, ele sempre ouvia mais do que falava. Thelma afirmava toda vez que nada lhe faltaria. "Se *ele*..." — referindo-se a Miguel como um sujeito sem rosto, nome e alma —, "... faço questão de repetir pra você, meu filho, se *ele* quer mesmo ir embora, que vá..." — Alimentava uma tênue esperança de que ele retornasse.

Thelma prometeu ao filho que seria divertido, mesmo sem a malfadada figura paterna.

Mais promessas inconsistentes como sorvete derretido.

— Você precisa de alguma coisa, *meu filho*?

— Não, mamãe, mas sei quem está precisando muito... Vale a avó de alguém?

A partir daquela semana, a avó de Manoela não precisou mais pegar ônibus para ir ao consultório médico, nem para fazer exames em laboratórios e clínicas especializadas. Sua saúde, como não poderia deixar de ser, melhorou muito com a intervenção de Thelma, a pedido de Pedro. De quando em quando, ela passeia pela cidade, visita parques, vai ao cinema, teatro, exposições, bibliotecas e frequenta cursos para a terceira idade. Sarar de todo não sarou, mas ela não para um minuto, usa a energia que ainda tem para aproveitar a vida que ainda lhe resta.

Gregório devia conhecê-la.

Eis aí uma amostra do nosso poder. Contudo, dinheiro não faz sentido em si mesmo; precisa estar nas mãos certas, associado a elevadas intenções, produzindo resultados concretos. Assim, os meios se justificam, e os elementos exercem sua força transformadora. Esse poder não é pequeno como meu valor de face. Eu posso ser uma nota de baixo valor, uma que ninguém faz questão de pegar, mesmo assim, ajudei a mudar a vida de uma idosa sem ter chegado perto dela. Bastou o discurso de Manoela tocar Pedro no ponto certo. No final, aquela mordomia toda de transporte para a avó de Manoela custou pouco — a gerente Thelma logo se tornaria diretora. Dinheiro, naquela casa, tinha de sobra, faltava era relevância no destino.

Thelma reforçava os laços com Maria comprando sua gratidão. Miguel tinha razão, ela podia não ter amigas, mas tinha uma empregada que a adorava, isso sem contar o patrão. Uma empregada caprichosa, honesta e confiável vale quantas amigas? E um patrão amigo? Nem imagino quanto isso vale.

Aí está, o dinheiro fazendo a felicidade de alguém, sem revoluções, ideologias, menos ou mais valia. Quem disse que estamos por trás de tudo de ruim no mundo? Que culpa temos de ser objeto da cobiça de quem faz qualquer coisa para nos possuir? Tive bastante tempo para encontrar essas e outras respostas, pois as conversas de Thelma e Pedro se tornaram inconstantes, os discursos encurtaram, as lágrimas secaram e os abraços ficaram só para as datas festivas.

Pedro, no entanto, viu ao menos uma promessa se cumprir. Realmente, ele não sentiu falta de nada material, seu tempo foi preenchido com estudo e esporte. O que mais um jovem podia querer?

Com o tempo, a ausência se tornou dupla: o pai no tal *trabalho* que o levava para cada vez mais longe, e a mãe, de promoção em promoção, se dedicando à empresa e às expectativas do seu patrão, que, a essa altura, a idolatrava. Thelma seguia decidida rumo ao cargo máximo — *presidente*. A eficiente e confiável Thelma tinha um plano. E que sem dúvida teria êxito.

Pedro preencheu o enorme espaço deixado por seus pais com a caprichosa Maria e também com a candura da pequena e espevitada Manoela. A confiança de Thelma na empregada fez delas uma presença constante. A severidade de Maria, sua qualidade principal, tornou-se atributo importante na formação do menino.

Numa tarde iluminada e quente de verão, uma tarde situada fora do tempo corroído a ponto de fazer de minhas lembranças meras manchas numa tela baça, Pedro e Manoela retornaram de um funeral.

Passaram-se dez anos até que uma sacola de roupas fosse separada para doação. Notícia de morte sempre pega a todos de surpresa. Manoela me reconheceu dentro do bolso de trás da velha calça jeans.

— Lembra dessa calça, Pedro?

Ele não respondeu de imediato; ainda estava sob o choque da cena — seu pai estendido no caixão. Thelma mandara dizer que não poderia comparecer ao enterro do desalmado. Tinha compromisso, ou inventara um de última hora. Não havia quase ninguém para ajudar Pedro a empurrar o caixão de Miguel. O pessoal do cemitério teve de empurrar o carrinho e estacionar o morto diante da sua última morada. Nem a *biscateira desclassificada* apareceu para derramar lágrimas sobre a argamassa que selou as bordas do jazigo. Não havia amigos, nem outros filhos. Pedro sentiu-se sozinho pela primeira vez desde a promessa do pai de que se veriam *quando ele quisesse*.

Manoela o tirou de seus pensamentos.

— Desta nota, você se lembra? — Ela me tirou dali, senti a luz queimando minha silhueta.

O Pedro de agora era bem diferente, mas ainda tinha aquele ar inocente que conheci no restaurante, uma inocência genuína — sua história, sei de cor. Talvez fosse o traje escuro, ele me pareceu mais alto, mais forte, um homem feito. Manoela guardava o jeito explosivo, infantil, mas também exalava maturidade e delicadeza.

— Veja como são as coisas, Manoela. Sua avó está cheia de saúde. Já o meu pai...

— A minha avó? Anda com a agenda cheia de compromissos, como certo menino que conheci aqui neste quarto.

— Um menino mimado, lembro bem o que ouvi naquele dia.

Manoela sorriu.

— E continua mimado, sim, por mim...

24

Muita coisa mudou desde que eu surgi, em 1994 — o começo deste meu vai e vem —, mas algumas coisas continuaram as mesmas ou até melhoraram. O seu Denerval, o superintendente, que era chefe do Geraldo Malheiros e quase o atropelou de propósito, disse e fez: modernizou a empresa, comprou muitos computadores, conectou-os à internet e nem por isso dispensou os funcionários mais velhos sem motivo. Nada disso. Ele os treinou nos teclados e monitores, os ensinou a enviar e receber e-mails pelos novos celulares, que fazem de tudo, até ligações telefônicas. A corretora de valores cresceu e, dizem, um grande banco planeja comprá-la, espero que abram mais vagas para estagiários e jovens aprendizes — eles têm muito a ensinar sobre o mundo digital, em compensação, na arte de investir não há nada como a experiência dos mais velhos. — longa estrada percorrida faz diferença. Assim, as gerações vão se misturando.

Sei disso porque Pedro é um aprendiz lá, e mostra potencial acima da média. Por conta própria e com muito cuidado já obteve ganhos com pequenas operações de compra e venda de moedas digitais. Dias atrás, ao invés de me pegar e juntar a outras cédulas para pagar a despesa, simplesmente tirou o celular do bolso, passou por um sensor e pronto, fiquei no compartimento transparente da capinha do aparelho assistindo tudo isso de camarote.

Tenho andado mesmo rabugenta, e não sem motivo. Não passo de uma velha e tradicional cédula de 10 reais. Em dinheiro-papel como eu, o valor vem estampado na face, impresso e garantido por um governo legítimo, tem até a assinatura de um ministro.

Existo para circular e não mudo de dono faz um tempão. Antes, era sempre um novo dono e uma história nova. O Pedro é legal, mas um pouco tecnológico demais para alguém como eu, feita de papel e tinta. Pedro passa o dia olhando para telas grandes e pequenas, com gráficos e notícias, acompanha a cotação de várias moedas, índices das bolsas de valores, números, relatórios e balanços patrimoniais – calcula o impacto dos acontecimentos, das decisões tomadas pelas autoridades, dos fatos e de seus efeitos no resultado das empresas.

Pedro não está sozinho, outros profissionais mundo afora medem a influência dos fatores econômicos, climáticos, políticos, analisando se acrescem ou depreciam o valor das ações. Fazem o básico e, seguindo os gráficos, compram na baixa e vendem na alta dos mercados.

Assim como as moedas do passado, que surgiram para facilitar o comércio em longas caravanas pelos desertos, as criptomoedas foram criadas para facilitar as trocas no mundo virtual. As caravanas agora são o *e-commerce*, e o deserto é o espaço cibernético. A moeda digital só pode ser vista nas telas.

Reconheço, este mercado não para de crescer, várias criptomoedas dividem a preferência dos internautas: *bitcoin*, *ethereum*, *litecoin*, *monero*, *ripple*, *zcash*, *dash* e centenas de outras. Todas enfrentam os mesmos desafios: falta de lastro, regulamentação, garantia de seu valor, volatilidade e a vulnerabilidade a ataques especulativos por grandes operadores de câmbio, além de serem proibidas em diversos países importantes.

    A moeda digital vai dominar o mercado global? Sim ou não. Muitos apostam no sim, mas poucos ganharão se não houver o principal ingrediente — a confiança. Físico ou digital, o dinheiro é o ponto de equidade na dinâmica das trocas econômicas, é como o lubrificante de uma grande máquina com engrenagens e alavancas intrincadas e em movimento contínuo, produzindo tudo o que as pessoas desejam e precisam. Essa incrível e complexa máquina — a economia — não existiria sem o dinheiro para equalizar e harmonizar a engenhosidade humana. Pedro aprendia a ver nesse movimento a chance de ganhar e o risco de perder.

25

Dez anos se passaram. Para uma nota de dinheiro é praticamente uma vida. Àquela altura, muitas de minhas contemporâneas nem deveriam estar circulando. Também, não é para menos, somos tratadas de qualquer jeito, nos amassam, enrolam, embolam, rasgam, dobram, apertam, esticam, riscam, furam, queimam... Somente assim, preservada no esquecimento de um bolso de calça jeans, o tempo não consegue produzir seus efeitos.

— Olha! A nota está novinha! — Manoela me examinou de cima a baixo procurando inutilmente alguma imperfeição.

Eu acompanhava a sacola de roupas, mas agora acondicionada numa carteira ao lado de um cartão de crédito. Na verdade, era também cartão de débito. Isso significaria o meu fim? Nem as moedas são necessárias neste mundo digital. Por outro lado, não sendo mais assim tão requisitada, quem sabe, a permanência nas carteiras seja maior. Os mundos de Manoela e Pedro estavam mais próximos. Tanto na carteira de Manoela quanto na de Pedro, em compartimentos próprios, havia outros cartões que também serviam de instrumento de pagamento. Vendo no todo, as facilidades digitais ampliam o meio circulante, os negócios são favorecidos num mundo onde valores são transferidos virtualmente, sem que seja necessário imprimir volumes enormes de papel-moeda.

O planeta agradece.

Eu até admito: existe, sim, utilidade nesses cartões com hologramas coloridos impressos, senhas e tudo o mais que, agora, oferecem mais segurança aos usuários.

Pedro e Manoela não tinham estas questões em mente quando chegamos ao ponto de arrecadação de donativos. Um caminhão era carregado com caixas de mantimentos não perecíveis, as sacolas com roupas aguardavam a vez — eu poderia estar dentro de uma delas, não fosse Manoela ter lembrado de mim, em associação ao primeiro momento em que vira Pedro.

Um homem comandava a operação de embarque no caminhão como um oficial de navio organizando a carga no convés.

Na hora reconheci aquela voz. Era inconfundível, a voz de alguém que conheci, que queria ardentemente fazer pelos outros, decidido a tirar seu sustento a partir da ajuda ao próximo. Ao receber o dinheiro suado, sendo muito ou pouco, não importa, seria merecido pelo muito dado em troca.

— Seu Reginaldo, uma pausa pro café, vai? — O carregador não tinha nada a ver com os marujos de antigamente, gemia de cansaço.

Reginaldo viu Pedro e Manoela chegar.

— Dez minutos, e nada mais.

Depois da onda de jovens franzinos vindo ao nosso encontro, Pedro e Manoela se acercaram do caminhão de donativos. Reginaldo riscava itens de uma longa lista.

— Vocês chegaram na hora certa! Preciso de dois favores: dez reais para condução e que continuem o serviço por aqui. Dá pra ser? — Sorriu maroto e garantiu: — Vou e volto num pulo.

Eu fiquei excitada porque não havia outra nota para ser passada em meu lugar. Reencontrava Reginaldo depois de dez anos; eu que em dado momento fora sua última nota de dez. Pelo jeito, pouca coisa mudara desde então. Mas era notável o vigor na voz de Reginaldo; havia nela uma certeza contagiante. Fácil deduzir, era um sujeito realizado, bem diferente daquele que Ângelo levara em seu táxi.

De uma hora para outra as lembranças retornaram mais vívidas. A ciranda de mão em mão ressurgiu, as pegadas do passado estavam novamente nítidas em minha mente.

Pedro foi solícito demais, dono daquele seu jeito meio bobo, meio infantil, mesmo sendo adulto desde sempre.

— Se é para condução, tome aqui o meu cartão de transporte público.

Que lástima! Lá se foi o tal cartão de transporte no meu lugar. Mas era muito bom saber que Reginaldo se dera bem, que não era uma mancha de esquecimento. Isso me fez reviver mais e mais os momentos vividos no meio circulante.

Pedro era uma excelente companhia; vi o garoto crescer, criei vínculo com ele. Mas, novamente, chegara a hora de ganhar o mundo, ver novas paisagens, conhecer pessoas, dar vazão ao meu espírito andarilho. Parada há tantos anos num bolso, eu precisava de movimento.

Achei que, pelo fato de estar em excelentes condições, o meu visual impecável me daria um longo período de utilização. Mas foi justamente essa condição favorável que me levou por outro caminho completamente desconhecido.

Meu andar não está em mim. Até das minhas reflexões estou me lembrando!

26

Minha condição de determinar o tempo ficou prejudicada depois que Pedro conheceu uma celebridade em sua cidade, um professor de cursinho pré-vestibular, interessado mesmo em numismática — a ciência que estuda moedas, medalhas, outros objetos monetiformes e o papel-moeda, cunhados e impressos para valer mais do que pesam em metal nobre, ferro ou bronze.

Antes de continuar com minhas passagens de mão em mão, preciso advertir para um acontecimento importante e, para mim, bastante perturbador. Na carteira de Pedro apareceu um novo habitante. Era uma cédula diferente, com uma série de modificações em relação a mim; no entanto, valia tanto quanto eu. Neste oceano que é o meio circulante, eu havia cruzado com diferentes cardumes de notas, nadando livremente. Apesar de serem mais ou menos valiosas, as cédulas que passaram por mim, indistintamente, eram caladas. Causou-me enorme impacto a presença de uma com o mesmo valor que o meu e, ao mesmo tempo, inteiramente diferente de mim. A começar pelo tamanho maior.

Mas estranheza, de fato, veio a seguir.

— Você está neste negócio há um tempão, não é mesmo?

— Com licença, falou comigo? — respondi sem saber bem pra quem nem por quê.

— E quem mais haveria de ser? Com esses cartões magnéticos? Eles nunca serão como nós.

— Mas eu nunca ouvi uma nota que... — Uma nota como eu!!

— Sei, você achava que era única? Em 6 bilhões e 300 milhões de cédulas na economia, só uma — que vale 10 num meio circulante de 236 bilhões de reais — seria especial? Que audácia!

— E não sou única, de fato? Por acaso existe outra igual a mim? Uma que fala, pensa e lembra? Por acaso nossa numeração é a mesma?

— Ai, aborrecida você, hein, com essa história de numeração. Por acaso não sabe que sou da nova família de cédulas de real, a moeda brasileira? Alô, câmbio!

— Nova família? Não me avisaram nada.

— É mesmo? E que diferença isso faria? Pretensiosa!

— Eu me prepararia melhor; afinal, por alguma razão estão lançando uma nova família de cédulas e, é óbvio, quem não é da família... É um sinal claro, querem se ver livres de notas como eu.

— Ai, que bobagem, não tem nada a ver. Nós continuaremos valendo, circularemos juntas por muito tempo.

— Quer dizer então que eu, Pedro e Manoela podemos continuar juntos?

— Ué, e não é assim? Você vai para onde mandam você. Eu espero ficar o mínimo de tempo possível. Tem um mundo para conhecer fora desta carteira. Isso aqui nem couro é...

Resolvi não desfazer o entusiasmo da jovem nota, mas os períodos de ostracismo estão no contexto. Nem sempre se está em boas mãos; mesmo assim, de um jeito ou de outro, fazemos parte da vida das pessoas. Para uns, seremos meio; para outros, fim. Para muitos, recomeço; e, para uma infinidade, confirmação. Se for verdade que o destino de todos está entrelaçado, nós, o dinheiro, somos as fibras dessas tiras que nos prendem uns aos outros.

Pedro prometera a Maria — ela significava para ele mais do que a própria mãe — que, se passasse no vestibular, me daria de presente para Oscar, o querido professor e colecionador.

Há coleções de todo tipo, mas as de dinheiro são especiais, pois de alguma forma as cédulas guardam a memória de sua circulação. Por um lado, o dinheiro serve para acumular riqueza, ganhar, prosperar; por outro, somos o tamanho do prejuízo, a medida da perda, o rescaldo da destruição de sonhos e projetos relevantes.

Ao cumprir sua promessa — e Pedro achava que todas elas deviam ser cumpridas —, assegurou a Oscar, o professor que tanto o havia ajudado a passar no vestibular, que eu, uma nota impecável, com valor de face intocado, era muito especial, capaz de feitos inimagináveis, o maior deles, ter provocado o encontro dele com Manoela.

— Professor Oscar, agora que as novas cédulas estão circulando, cedo ou tarde as antigas vão acabar perdendo sua função. Chegou a hora de elas prestarem um último serviço...

Oscar me aceitou, fazendo uma respeitosa reverência. Pela primeira vez não fui recebida como gorjeta, nem como troco. Afinal, eu ainda era dinheiro, mesmo com baixo valor de face. Oscar me acolheu em definitivo, como um pedaço precioso de memória a ser preservada para as futuras gerações.

Não seria mais usada para comprar nem vender. Não seria cobiçada, nem matariam ou morreriam por mim. Em breve seria item de colecionador, como as fichas telefônicas e os cartões que vieram substituí-las. Não vejo mais ninguém em telefones públicos depois que vieram os celulares. Estes, por sua vez, tão cedo foram lançados e tão cedo se tornaram objetos de museu; perderam a vez para modelos que, além de fazer e atender chamadas, enviam mensagens, tocam música, fotografam, gravam vídeos, conectam-se à internet e ainda servem de lanterna, fazendo inveja aos canivetes suíços.

Nesse frenesi do tudo em um, uma cédula que apenas executa sua função de troca não tem mesmo muita aplicação, está fadada à obsolescência, mas isso não aconteceu com Geraldo, que tinha medo de ser descartado pela nova tecnologia. Aos vinte e sete anos e meio de empresa, chegou perto do primeiro computador e o que aconteceu com ele? Aproveitou sua interação com o novo mundo da tecnologia digital, mas sem perder a humanidade, a sensação do toque, do abraço e do aperto de mãos.

Hoje, para pôr as mãos em algumas cédulas é preciso apertar muitos botões em caixas automáticos. O atendimento agora é eletrônico! Geraldo deve estar adorando.

Sendo dinheiro, faço parte deste mundo material de ganhos e perdas. Mas são as coisas imateriais, intangíveis, subjetivas — como memória, amor, confiança, respeito e afeição — que podem e devem ser acumuladas infinitamente para não se correr o risco de perdê-las.

Cuidadosamente, Oscar me dispôs numa moldura apropriada, isolando-me do ambiente — o ar, como se sabe, tem impurezas. À minha volta, presenças ilustres, personalidades do Império, da República Velha e também dos planos econômicos malfadados. Tive oportunidade de ter uma visão geral e percebi que os olhos abertos nas efígies estão ali para ver tudo o que acontece; nossas figuras históricas, as armas e o brasão da República representam o orgulho de uma nação disposta a incontáveis proezas.

Agora este será o meu lugar: um quadro de destaque numa coleção de notas de dinheiro. Para mim, essa é uma honra imerecida, dado meu baixo valor de face, mesmo descontando o meu estado impecável, é claro.

Então, vida longa à nova família de cédulas! Que sejam bem-vindas e aproveitem seu momento de glória. Que deixem os homens se rasgar por vocês e não os julguem por agirem atabalhoadamente ou com frieza extrema; cedo ou tarde, apenas algumas notas de sorte estarão aqui ao meu lado para contar suas histórias.

Enquanto isso, nós, cédulas fadadas a perder o valor de face, viveremos preservadas em álbuns e vitrines de museus, onde não perderemos o maior de todos os valores: a memória.

Biografias

Edison Rodrigues Filho nasceu em 6 de outubro de 1960, em Porto Alegre. Formado pela Pontifícia Universidade Católica do Rio Grande do Sul (PUC/RS) e pós-graduado em Marketing pela Escola Superior de Propaganda e Marketing (ESPM/SP), é roteirista de produtoras independentes, além de prestar serviço para empresas nos vários setores de atividades. Autor de livros paradidáticos, romances, coletâneas de contos e projetos de preservação da memória, possui 20 livros publicados, foi vencedor de prêmios nacionais e internacionais e quatro vezes finalista do Prêmio Jabuti. Desde 2002 atua na geração de conteúdo para as áreas audiovisual, cultural, editorial e educacional.

Walter Vasconcelos é ilustrador e designer gráfico. Tem trabalhos publicados em diversas revistas e jornais do Brasil, Estados Unidos e Europa. Participou de exposições na Dinamarca, na China, no Japão e, por dois anos consecutivos, na Society of Illustrators, de Nova York. Teve seus desenhos publicados em revistas de arte, como *Gráfica* (Brasil), *New Graphic* (China) e *DPI Magazine* (Taiwan). Atualmente é editor de arte da revista *Ciência Hoje das Crianças*.